FOLIO SCIENCE-FICTION

Thierry Di Rollo

La profondeur des tombes

Gallimard

Âgé d'une quarantaine d'années, Thierry Di Rollo est l'auteur de plusieurs dizaines de nouvelles publiées au Fleuve Noir et chez Denoël. Écrivain culte pour certains, ses deux premiers romans, *Number nine* et *Archeur* (Encrage), ont, à cause de leur noirceur sans concession, déchaîné la critique et soulevé une virulente polémique. *La lumière des morts* et *La profondeur des tombes*, tous deux disponibles en Folio Science-Fiction, ont fini de le consacrer comme la voix la plus tranchante de la SF française.

PREMIÈRE PARTIE :

CORNEYGROUND

1

Le noir m'entoure. Sournois, patient comme la Mort, il me sait là. Alors, je regarde vers le fond de la galerie, noyant mes yeux dans la lueur pâle. J'essaie de me perdre au creux de ce halo laiteux trop loin pour que je puisse croire encore à son existence. C'est un cercle de lumière fantôme, surgi de l'obscurité épaisse, et qui doucement m'abandonne.

Je me trouve à sept cents mètres sous terre, enserré de chaleur. Là où je me suis arrêté, le vide a tout pris. Le froid illusoire de la mort pèse sur mes épaules. La touffeur réelle du conduit me rappelle à la clarté blanche, là-bas, tout au bout. Un court moment, je tends la main parce que je crois la toucher, rassuré par ce contact inutile, aussi vain que toute cette folie que l'on appelle le monde. Puisque j'en fais partie depuis maintenant trente-trois ans et deux mois. Je ne compte pas les jours.

Ils s'envolent, mauvais ; j'incarne l'oiseau qui suit ses congénères dans l'espoir d'une terre meilleure, enfin légère. Je parachève l'aile droite du grand V que nous formons tous vers nulle part.

Mes ailes battent au rythme indolent du voyage inachevé. Je me sens lourd, accablé de sombre, cerné des parois suintantes du tunnel de prospection. Nous retournons à la matrice, fatigués. Le grand V des oiseaux figure la pointe d'une flèche qui ne désigne rien d'autre que mon immobilité en mouvement. Je me fonds dans la lettre, le mot informe de ma vie d'Européen. La lueur qui m'a laissé orphelin dessine une auréole granuleuse dans la poussière de la mine. La fournaise m'est insupportable. Le froid inaccessible des morts me rappellera à lui bien assez tôt. J'ai le temps.

Tout le temps de revivre mille fois la même descente aux enfers, la douleur sourde de mon divorce d'avec la lumière, toujours recommencé. Mon travail de porion m'y contraint. Je suis encore un homme.

2

Je perçois les grognements et je sais d'où et de qui ils proviennent. À l'opposé, la blancheur semble reculer, et curieusement, cela ne m'effraie pas. Peut-être parce que je la sens encore à ma portée, sûr qu'elle ne s'éteindra pas d'elle-même.

Mes jambes se traînent. Bientôt, la luminescence sera mangée par le noir de ma route. Une imperceptible incurvation sur la droite, suivie d'un virage souligné dans la roche. Je connais ce trajet par cœur.

La veine de prospection 12b. Cela ne veut rien dire. Je me suis soustrait à la vie. Les grognements s'amplifient, auxquels une voix humaine se mêle, à présent. Et elle aussi, je l'identifie sans le moindre mal.

Je m'enfonce dans l'obscurité du long boyau. Le prochain fanal est suspendu à trois cents mètres de là, juste au-dessus de ceux qui m'attendent. Au sortir de la courbe, je ralentis le pas, et je les vois tous les deux nimbés du jaune pisseux de la lanterne butoir. Derrière eux, le cul-de-sac termine le piteux périple.

L'oiseau Pennbaker vient se fracasser contre la roche dure ; le grand V m'a oublié. La comédie âpre de la réalité reprend peu à peu ses droits. Où pouvais-je aller, sinon à la rencontre d'un hippopotame flanqué de Humphrey, l'escorteur ?

Je déglutis pour tromper ma soif. Humphrey, teint cireux rehaussé par le jaune du fanal, me hurle :

« Pennbaker ! cette montagne de graisse ne veut plus bouger ! »

Humphrey se trompe. L'hippo ne ressemble plus à rien, et sûrement pas à ce qu'il était à son entrée dans la mine.

Deux cents kilos à peine, le corps efflanqué, l'œil vitreux, la gueule ouverte sur la poussière des tunnels, cet animal n'a visiblement plus qu'une envie, celle de mourir. Parce qu'il n'a jamais compris ce qu'il était venu faire ici.

Humphrey, je l'ai toujours vu là. Chaque mineur, d'ailleurs, dispose d'une anecdote à son sujet. Certains jurent de l'avoir surpris plusieurs fois en train de courir complètement nu dans les veines de dégagement, un piolet à la main ; d'autres, plus sobres, disent qu'il hante les conduits nuit et jour, escorté du flaireur. Et si Humphrey a toujours réfuté l'authenticité de ses prétendues courses queue au vent chargé des galeries, il n'a jamais démenti ses promenades accompagnées.

Coiffé d'un béret noir de crasse, revêtu d'un sarrau tout aussi sale, la cinquantaine déjà usée, il arpente les veines de prospection à sa manière de vieux vacher consciencieux, loin du tumulte des conduits exploitables, traînant en bout de laisse son flaireur du moment. Le lamentable équipage est ainsi connu de tous pour son ridicule et l'immense pitié qu'il inspire. Humphrey suivi d'un loup, d'un okapi ou d'un cochon ; Humphrey tête haute, éprouvant toutes les peines du monde à aiguillonner un crocodile pour que ce dernier daigne le suivre — ses jambes lardées de cicatrices portent encore la trace de tous ces appariements absurdes. Humphrey l'escorteur, prolongeant finalement la vacuité errante des fourmis de la surface. De ceux que nous redevenons tôt ou tard, puisque nous remontons les uns après les autres pour rejoindre le grouillement.

Je contemple sa gueule d'oiseau lunaire, croise ses yeux hallucinés et lui dis :

« Cet hippo est en train de crever, Humphrey. »

Il secoue la tête, surexcité.

« Non, non, Pennby, j'ai réceptionné ce flaireur il y a deux semaines. »

Humphrey est peut-être ce qu'il est, il court sûrement les galeries aussi nu que risible — personne n'a jamais vérifié cette rumeur, de toute façon —, je ne peux pas m'empêcher de lui trouver des circonstances atténuantes. Le métier d'escorteur, c'est toute sa vie. Il a tellement erré aux quatre coins de cette mine de cauchemar, dans une obscurité presque totale, que ses paupières s'écarquillent jusqu'à la démesure, offrant à ceux qui l'entourent ce visage effaré, figé au seuil de la peur. La peur. Il sait ce qu'elle est. Moi aussi.

« Non, Humphrey. Cela fait deux mois que cet

hippo s'accroche à tes basques. Tu ne t'en souviens pas ? »

Il hausse les épaules, contrarié, tout à coup. L'hippo, en arrière, grogne toujours, donne de temps à autre des coups de gueule dans les fesses d'Humphrey.

« Deux mois ou quinze jours, qu'est-ce que ça change, Pennby, tu peux me dire ? »

Je lui souris.

« Oui, c'est vrai, ça revient au même.

— Alors ?

— Alors, rien. Cet hippo tient sur ses pattes on ne sait pas comment. Il ne peut plus t'aider. »

Humphrey baisse son visage sur le sol. L'oiseau pique ainsi du bec ; le grand V n'a jamais existé ; je ne sais pas voler, Humphrey non plus. Le cul-de-sac qui barre notre route nous ressemble.

L'escorteur marmonne, désenchanté :

« C'est peut-être que la veine n'est pas charbonneuse.

— C'est une explication qui en vaut une autre.

— Ou alors... »

Il n'achève pas, me regarde, yeux exorbités. La lumière jaune du fanal donne à ses traits une pâleur de cadavre. Et je frissonne, parce que je connais cela.

Je me ressaisis, pourtant :

« Ou alors quoi ?

— C'est cette graisse ambulante qui veut me faire chier jusqu'à la fin des temps. Ouais, c'est ça !

— Je ne crois pas qu'il attendra jusque-là.

— Parce que tu en sais quoi, toi ?

— J'ai demandé à Lorkraft l'obtention d'un nouveau flaireur, et c'est moi qui m'en occuperai. Tu sais où ça vivait les hippopotames, Humphrey ? Dans l'eau les trois quarts de leur temps. Le reste, principalement la nuit, ils le passaient à bouffer de l'herbe. Ce bourrin d'élevage est en train de crever de déshydratation, et il n'a pas plus de flair que toi ou moi. »

J'étudie tant bien que mal l'hippo dans la pénombre voilée de jaune. Il n'a pas bougé. Croupe tournée au cul-de-sac, il dodeline de la gueule en permanence, grogne encore. Cette bête décharnée au bord de l'agonie est en train de devenir complètement dingue. Le mieux pour elle serait d'en finir une fois pour toutes.

« Humphrey, on va essayer de te donner quelque chose d'autre. Tu m'entends ? Tu vas avoir un flaireur tout neuf.

— Un qui sait sentir le charbon ? Un vrai ?

— Je te le promets.

Son visage s'éclaire d'une joie de vieux gamin.

« Un vrai, hein, Pennby ? Tu me le jures ? Si je remonte là-haut, je ne saurai même pas quoi faire, moi. Escorteur, c'est...

— Oui, je sais, c'est toute ta vie. »

L'hippo grogne moins, soudain. Il fait chaud à en crever. Et Humphrey se trompe : on saurait toujours quoi faire de lui, ici ou ailleurs. Entre plusieurs enfers disponibles, il a pu simplement choisir celui-ci — le moindre. Comme tous les autres mineurs.

« Pennby ?

— Quoi ? fais-je en ne quittant pas des yeux l'hippo qui ne cille même plus.

— J'ai trouvé de l'eau. »

Je soupire. Et d'un seul coup, la bête s'ébroue en hurlant. Je recule. Humphrey, interloqué, s'écarte de côté ; l'expérience, sans aucun doute. Puis se plaque contre la paroi opposée.

« Hey ! mais qu'est-ce qu'il lui prend ? » s'écrie-t-il.

L'hippo crie à la mort, ses yeux luisent dans la lueur du fanal, roulent de droite et de gauche. L'animal fantôme ouvre sa gueule énorme, hurle encore. Son souffle est précipité, tout son corps se balance d'avant en arrière. Les pattes ploient sous la masse.

Je recule toujours. Dans un coin de mon esprit, j'entends Humphrey répéter :

« Mais qu'est-ce qu'il lui prend ? »

Et je n'ai pas de réponse à cette question. Rien n'a de sens. L'animal vit ses dernières secondes en un sursaut dérisoire. Il s'ébranle, oublie son escorteur et me suit, en un mouvement incroyablement lent. Fait trois pas, quatre, peut-être, puis s'affaisse de tout son long dans la poussière noire.

« Ne bouge pas, Humphrey. Laisse-le crever. »

Je ne distingue qu'un tas informe, rendu gluant et flasque par toute l'obscurité qui nous cerne.

J'entends les dernières respirations de l'animal, irrégulières, rauques. Après quoi, le silence se prolonge entre deux râles poussifs, s'installe davantage, puis confirme la mort de l'hippo.

Humphrey s'est décollé de la paroi à gestes prudents, rejoint la bête étalée dans sa mauvaise graisse. Il s'agenouille auprès d'elle, porte la main sur le cou séché et lâche en un souffle :

« Il est mort, cet imbécile. »

Puis se relève et commence à rouer le cadavre de coups de pied. Il crie, frappe avec une violence inouïe. Le corps mou tressaute, la graisse ondule en vagues grotesques.

Je hurle :

« Arrête ! ARRÊTE !! »

Il ne m'entend même pas ; les coups pleuvent, pleuvent. Je m'élance jusqu'à lui, l'empoigne.

« Ça suffit ! Bon sang, Humphrey, arrête ça ! »

Et il parvient à se calmer. Reprend peu à peu son souffle.

J'éponge mon front trempé de sueur. Humphrey ronchonne :

« Il est mort, ce putain d'hippo. »

Et je me dis que c'est fini. Pour le moment.

C'est sûrement pour cela que je demande :

« Tu m'as parlé d'un coin d'eau, tout à l'heure.

— Tu veux le voir ? »

Je hoche la tête.

« Ça vaudra toujours mieux que ce cadavre en plein milieu d'une galerie. C'est loin ?

— Non, non, c'est juste dans la veine 3d » me confie Humphrey, enjoué.

Il a peut-être déjà oublié le gros tas mort répandu à nos pieds. Moi, je regarde l'animal une dernière fois. L'hippo était le seul oiseau de nous trois à avoir osé prendre son envol.

Nous, nous n'essayons même pas.

3

Nous marchons côte à côte. Humphrey bougonne un peu, maudit à voix basse l'hippo qui vient de le lâcher.

Le cadavre se trouve pourtant loin derrière, avalé par l'obscurité. Nous avons remonté le conduit par lequel j'étais venu. J'ai pu voir de nouveau la lumière que j'avais quittée, ce halo blanchâtre qu'Humphrey et moi n'avons fait qu'effleurer avant de bifurquer dans la veine de dégagement 3d.

Le conduit est étançonné dans les règles de l'art. Ici, à CorneyGround, les mineurs sont rétribués une misère, mais ils ont appris à effectuer un travail irréprochable. Leur survie en dépend, et Humphrey en est peut-être à sa troisième génération de gueules noires mal payées et usées avant l'heure. Car tous meurent un jour. Un jour noir, désespérément semblable aux précédents, nimbé de poussière de charbon, dans l'atmosphère suffocante des galeries. Ils attendent leur fin, inexorablement, plaisantent au passage guindé de l'escorteur talonné par son flaireur, puis reprennent leur pelle ou leur pioche, suent de toute leur eau, se noircissent dix heures durant. Tombent tôt ou tard, sans pouvoir se relever, les survivants restant persuadés que la Mort ne viendra pas les prendre. L'hippo non plus n'avait rien demandé à personne ; pas plus qu'il n'avait souhaité mourir lentement de soif dans cette fournaise. Nul n'est à sa place, ici.

Je compte mes pas distraitement. La galerie, éclairée à intervalles réguliers, trace sa ligne droite parfaite. De temps à autre, je jette un œil sur Humphrey ; il paraît sourire. Mon regard s'arrête sur son nez aquilin, ses lèvres pincées, ses joues creusées. Il figure un pantin définitivement grotesque et je l'accompagne vers sa trouvaille. De l'eau. Rien que de l'eau.

Mon cou perle d'une transpiration grasse. La chaleur est intenable. Par instants, je crois vraiment que le cadavre de l'hippo a déjà entamé sa putréfaction et que l'odeur a remonté notre piste. Elle nous précède de quelques mètres, revient sur nous, repart, nous attend. Et les vagues puantes ne veulent pas refluer. Elles s'accrochent à nos narines, imprègnent nos vêtements. J'étouffe, je voudrais être loin d'ici, revenir à Taney pour espérer tout recommencer. Taney, mon village.

Je dis, dents serrées :

« C'est encore loin ?

— On est arrivé, Pennby. C'est juste là. »

Humphrey me désigne du doigt une anfractuosité infime, placée à mi-hauteur de la paroi, baignée de la lumière grise du fanal le plus proche.

Ce n'est jamais qu'à quelques pas. Mon compagnon presse l'allure, sûrement pour avoir l'honneur de la préséance, puisqu'il est l'inventeur de la source.

J'attends qu'il se mette en posture, me plante face à lui. Puis il murmure, les yeux ronds :

« Tu vois, Penn ? »

J'observe la paroi fuligineuse, reviens plusieurs fois sur le dessin méandreux de la saillie ; en vain.

Je lâche un profond soupir.

« Il n'y a rien, Humphrey.

— Non, regarde mieux » insiste-t-il.

Alors, je regarde mieux. Et je distingue bientôt un filet d'eau se réduisant à quelques gouttes misérables coulant le long de la roche.

« Et c'est ça, ta source ? »

Humphrey, déçu de ma remarque, croit bon d'ajouter, comme pour justifier notre trajet jusque là :

« Le débit est peut-être mince, mais elle est pure.

— Ah ! oui ? et à quoi tu vois ça ?

— Les reflets, Pennby. »

Mes yeux reviennent sur le piteux chapelet. C'est en suivant le trajet solitaire de l'une des gouttes que je comprends.

« C'est la lumière de ta foutue lanterne qui lui donne cet aspect argenté, Humphrey. »

Il ne relève pas. Humphrey a perdu son flaireur il y a moins de cinq minutes ; se résoudre à l'insalubrité banale de son point d'eau semble au-dessus de ses forces. Il s'obstine :

« Cette eau est bonne.

— Et si on la goûtait pour en être sûr ? »

Il secoue la tête, embarrassé.

« Vas-y, toi. »

Je m'exécute aussitôt, appuie mon index sur la paroi, puis le porte à ma langue. Un goût saumâtre piquette mes papilles sans les irriter plus que de raison. L'habitude. Cette sale habitude.

« De l'eau couleur de rouille, Humphrey. Rien d'autre. C'est tout ce que tu voulais me montrer ? »

Il opine sans mot dire, visage défait. Puis je demande, un peu nerveux :

« Tu ne sens pas une odeur ?

— Quoi ?

— Comme une odeur de mort. »

Mon, Humphrey ne sent rien de particulier. Il pense seulement à ce cadavre d'hippopotame qu'il va falloir dégager.

Un cadavre de plus.

Hommes ou animaux, nous tombons tous. Personne ne s'envole jamais dans les entrailles de CorneyGround.

4

Nous dépassons la bulle de lumière blanche, la seule que j'aperçois vraiment encore chaque fois que je visite le quatorzième niveau. Je ne sais même plus si je hante les galeries de prospection simplement pour elle ou si je dois ces contrôles de routine à ma profession de porion. Je devine peut-être que je retrouverai immanquablement Humphrey et son flaireur, lorsque je stoppe l'élévateur au dernier palier ; je veux tuer le temps qu'il me reste, celui que j'ai déjà accompli ; je me perds dans les conduits éclairés en pointillé, à raison d'un fanal tous les trois cents mètres ; je désire la revoir une fois de plus. Et *elle* m'apparaît toujours de la même façon. Puis, j'entends les cris ou les plaintes du flaireur ; la voix d'Humphrey par-dessus, cette sale musique des réprimandes sur les gémissements d'un animal condamné à mourir sans savoir pourquoi.

Je rembobine l'écheveau du moment. Humphrey me talonne, n'arrête pas de grommeler, poussant inconsciemment le mimétisme jusqu'à devenir l'hippo qu'il a vu s'écrouler dans la poussière. Je ne me retourne pas. Je continue de progresser en fantôme sûr de son chemin pour regagner mon point de départ : le puits de desserte où glisse d'un niveau à l'autre l'élévateur, violenté par le souffle énorme des pales de ventilation, toutes encastrées à mi-distance entre deux paliers de forage. Les paliers de la sueur noire, comme les appellent les mineurs.

Nous nous rapprochons, la bobine du morceau d'existence que j'aurai passé entre un animal desséché et un pauvre type vaguement halluciné finit de se recharger. C'est le vacarme épouvantable de la soufflerie qui me le dit. Tout est loin, à présent. La lumière, les volutes de poudre sombre soulevées par la dernière chute de l'hippopotame, le ruissellement ridicule d'une eau viciée. *Elle*, aussi.

C'est ce moment précis que choisit Humphrey pour me demander, dans un éclair de lucidité :

« Au fait, Penn, qu'est-ce que tu venais fiche encore ici ? »

Je comprends le sens de sa question. Il redoute que mes visites ne soient que le prétexte d'une surveillance à peine déguisée de ses faits et gestes.

Humphrey préfère voir ses mollets s'effilocher en charpie parce qu'un imbécile du Bateau Ralde aura emporté au prix fort l'enchère d'un crocodile, plutôt que de renoncer.

À CorneyGround, on embarque pour une croisière immobile ; débarquer revient simplement à dire que l'on a échoué, dans tous les sens du terme. Rejoindre la Ville et ses rues tristes reste le pire des naufrages pour un mineur.

Humphrey cultive ainsi cette peur-là, mélange dans sa petite tête d'escorteur sous-payé les échecs qu'il croit être de son seul fait, le sentiment de se sentir vivant sous les morsures des flaireurs les plus dangereux, et ma présence dans les mêmes galeries, en même temps que lui. S'il souffre, c'est que les dirigeants du Bateau ne l'oublient pas, fournissant à intervalles réguliers le flaireur dont il a besoin et qui symbolise toute son utilité d'être humain. Si l'hippo meurt ou qu'un crocodile lui lacère les jambes, il s'en estimera responsable. S'il me croise au hasard d'une veine de prospection, il culpabilisera docilement. Humphrey représente le modèle des escorteurs, la quête inlassable et enfin récompensée, pour les consortiums, de l'employé confortable. Et je ne peux pas lui en vouloir. Parce que sa bêtise est sincère, et qu'il ne m'a jamais nui, ni souhaité le moindre mal.

Mes cheveux s'ébouriffent au vent puissant des pales. J'aperçois l'élévateur et sa masse métallique droit devant nous, à la sortie du conduit de desserte, marqués de la lumière bleue. Je me retourne sur Humphrey qui semble inquiet. Réponds finalement à sa question.

« Rien de spécial. Simple vérification. Et puis, ça m'a permis de constater par moi-même que tu avais besoin d'une nouvelle bête. Cette saleté d'hippo a bien crevé sous nos yeux, non ? »

Humphrey croise mon regard, angoissé.

« Il est mort tout seul, hein, Pennby ? Tu l'as vu, hein ?

— Oui, je l'ai vu. »

Je suis descendu au quatorzième sous-niveau pour l'espionner, pour rendre compte auprès du Bateau Raide de son incompétence. Ses yeux terrifiés me le crient, le hurlent aussi fort que le bruit assourdissant des ventilateurs. J'en ai déjà plus qu'assez. Mes épaules s'affaissent insensiblement. Et comme je n'ajoute rien, Humphrey s'affole, laisse enfler sa peur, oscille d'un pied sur l'autre, réajuste son béret couvert de suie, remue les lèvres. Parvient tout de même à me dire, d'une voix déchirée :

« Tu l'as vu, hein ? »

Et je m'écrie, excédé :

« Oui, OUI ! JE L'AI VU ! ARRÊTE ! »

Humphrey en demeure pétrifié un court instant avant de se détendre un peu et moi, brusquement, je renonce. Je me contente de combler la courte distance qui me sépare du plateau de l'élévateur, m'y engage et attends.

Alors, il n'y a plus que le grondement de l'air, effroyable, la veille bleue au-dessus de la structure d'acier pour tenter de repousser l'obscurité, et nous deux, submergés par le tumulte, séparés l'un de l'autre par une misérable dizaine de mètres.

Toute la mesure du gouffre humain de Corney-Ground. Dix mètres, parfois moins ; infranchissables.

5

« Arrête-moi au troisième, me dit Humphrey, agité.

— Comme tu voudras. »

La masse d'acier poursuit sa remontée. Souvent, à la hauteur d'un palier, je crois percevoir les bruits répétés du forage. J'imagine tous ces hommes dégouttant d'une sueur noire, arqués sur leurs pelletées ; je devine les râles de lassitude poussés dans le brouillard des conduits ; je vois les bras tétanisés, les bouches ouvertes happant l'air sans pouvoir le retenir.

J'ai pris place près des volets coulissants de la cage. Humphrey s'est posté en arrière. Parfois je me retourne pour m'assurer qu'il va bien. J'ai bien cru que jamais il ne grimperait à bord de l'élévateur. Les deux ou trois minutes qui lui ont été nécessaires pour se résoudre à me suivre ont paru aussi longues que la mort. Je lève les yeux, aussi, vers la veille bleue qui nous couve de sa froideur légère. Je ne ressens rien. Les niveaux se succèdent trop lentement ; ma gorge est sèche, ma tête lourde. Comme mes souvenirs, qui remontent dans le même mouvement. Taney et sa cohorte de toits mauves, cerné de ses deux collines, avec le lac prolongeant en une coulée douce et ronde la vallée.

Tous les jours, j'escaladais le mont chauve. Les villageois l'appelaient ainsi parce qu'aucun arbre ne le coiffait. Son herbe haute, pourtant, suffisait à mon bonheur de gamin. Je m'y cachais des heures durant, pour fuir les soliloques avinés de mon père, et je me sentais le roi du monde des poissons, à son sommet. Je dominais tout ce morceau de terre qui m'avait vu naître, dix ans auparavant.

Quelquefois aussi, Debbie m'accompagnait. Blonde, le sourire coquin, elle promenait son regard curieux de petite fille sur tout ce qui l'entourait et l'insistance de ses yeux si bleus m'intimidait toujours. J'aimais, malgré tout, qu'elle vienne avec moi ; nous riions, jouions à nous retrouver dans les broussailles pelées, courions à en perdre haleine, puis finissions par nous allonger sur le sol, côte à côte, sans jamais se prendre la main. Le ciel gris, immense, laissait courir les nuages à l'envers. Nous récupérions de notre effort, le souffle encore court. Puis j'étais le premier à me redresser, pour me tourner toujours du même côté, vers la colline des morts. Le deuxième mamelon qui barrait Taney vers le nord.

Le cimetière alignait ses tombes de pierre, protégé du vent par son enceinte de briques rouges et jaunes. Et de là où je me tenais, pendant que Debbie fermait les yeux pour mieux sentir le souffle frais de la risée, j'imaginais la stèle effritée sous laquelle reposait ma mère ; je devinais les mots incrustés dans le marbre de pacotille ; je voyais le médaillon ovale figeant à jamais son visage doux et souriant, ses cheveux bruns, ses yeux noirs d'une lumière si profonde, parce que je me souvenais encore de cet après-midi, quelques mois en arrière, où mon père Julius était venu se recueillir sur la tombe.

Il me tenait la main ce jour-là, le contact de sa paume rugueuse m'effrayait un peu, et je ne pouvais penser qu'à cette peau crochant la mienne, à la moiteur saline qui rampait par le contact prolongé. J'attendais désespérément que Julius veuille bien me libérer ; rien ne venait.

Mon père pleurait dignement. Des larmes brillaient sur ses joues. Parfois, sa main me serrait plus fort ; je grimaçais. J'espérais encore qu'il me lâcherait. Je ne voyais qu'un bloc de faux marbre debout comme nous, calé contre une pierre horizontale de la taille d'un être humain. Même si ma mère ne pouvait pas être aussi grande ; Julius me l'aurait dit au bout de trois verres de mauvais vin, sa propre mesure de confidence pour mériter ses monologues interminables.

J'avais levé les yeux au ciel ; les nuages sombres se regroupaient en troupeaux serrés à l'est de Taney. La pluie allait nous prendre et je maudissais mon père de rester prostré devant un rectangle aussi froid et dur. Alors, j'ai fait comme lui, en me résignant à l'averse que nous n'aurions jamais le temps d'éviter avant notre retour au village : j'ai contemplé moi aussi le médaillon. Et pour la première fois de ma petite vie d'enfant, j'ai découvert ce visage que je ne connaissais pas vraiment. Je n'ai plus senti la main de Julius écrasant la mienne, pas plus que je n'ai entendu les fracas de l'orage chargeant l'air avant de l'embraser. J'étais attiré par ces yeux d'une obscurité lumineuse, perdus pour toujours et soulignés du sourire triste des lèvres. Ma mère.

Rose-Anne Blom, épouse Pennbaker. Du haut de mes dix ans, je comprenais enfin qui elle était, et partageant la souffrance de mon père, je comptais toutes les questions auxquelles elle ne pourrait plus répondre et que je ne cesserais de lui poser. Cette après-midi-là, j'ai su que le noir avait une couleur. Celle des yeux profonds de Rose.

Cette couleur qui est désormais ma vie. Sous le bleu glacé de la veille de l'élévateur qui stoppe sa remontée en grinçant. La plainte du métal m'arrache à Taney et à son lac aux poissons, aux deux collines retenant les maisons tranquilles, à la petite Debbie espiègle de mes jeunes années ; à la tombe de ma mère.

La voix atone d'Humphrey me réveille tout à fait.

« À plus tard, Pennbaker. Je m'occupe de l'hippo tout de suite. »

L'homme au sarrau, coiffé de son vieux béret, quitte la cage d'acier pour se précipiter dans les artères sombres du troisième niveau. Il est un fantôme qui rejoint sa nuit.

Aussi, j'ai tout juste la force de murmurer, pendant que son image se perd avec l'obscurité :

« À bientôt. »

Ma main, par habitude, glisse sur le panneau de commande — ce genre de contact qui ne m'effraie pas. Et l'élévateur repart enfin.

6

Je dépasse le premier sous-niveau, le temps qu'il m'apparaisse avec sa meute de mineurs postés devant la porte de l'élévateur, dans l'attente de leur descente. La cage s'élève encore de quelques mètres, puis s'immobilise. Le mécanisme d'étanchéité s'enclenche aussitôt. Les plaques hydrofuges viennent épouser chacun des six côtés de la structure, jointées par des lamelles de silicone souple. L'engin est prêt à affronter l'eau sale du fleuve, jusqu'à sa remontée vers la surface.

C'est le moment du voyage que je préfère. Par le silence sourd qui se fait, j'ai la sensation d'être retranché du monde. Tout semble plus facile, plus délié, aussi. Quelquefois, j'entends les caresses de l'eau contre les plaques ; la cage semble onduler légèrement dans les remous du courant. Puis, tout s'arrête enfin.

L'élévateur se libère de son carcan étanche. Je suis au-dehors.

Les battants coulissent avec un gémissement de friction rouillée. Je fais un pas sur le ponton, appuie sur le bouton rouge du renvoi vers les profondeurs. La cage s'ébranle, les six plaques la recouvrent de nouveau et le tout replonge dans le marigot brunâtre du Dodge.

J'ai du mal à respirer. Je lève les yeux au ciel ; c'est la fin d'un après-midi d'été mourant. Le ciel se teinte de nuances sombres, les cumulus se gonflent de reflets gris. Là-bas, vers l'ouest, le soleil, à peine visible, mangé par la brume noire, offre son cercle pâle. Aujourd'hui, tout le monde peut fixer cette boule estompée sans risquer de devenir aveugle.

Le froid mordant se rappelle également à moi.

Il n'y a personne sur le ponton. Je regarde à droite ; la vieille tour de fer dressée sur ses piliers culmine à quarante mètres au-dessus du fleuve. À gauche, le Bateau Raide, comme une merde pétrifiée chiée par un monstre débile, étale son carré pataud sur cinq mille mètres carrés ; haut de six étages, fixé sur des pilotis surdimensionnés, à exacte distance des deux rives, il abrite les costumés et la valetaille administrative du site de CorneyGround. Face à moi, par-delà les quais, s'étendent les quartiers moyens de la Capitale. C'est là que je vis, errant au milieu d'autres fantômes, toussant, recrachant le brouillard.

J'hésite un instant, mon corps parcouru de frissons, puis me dirige vers la droite. J'arpente le ponton pour rejoindre la base de la tour. Elle ne comporte pas d'ascenseur. Si l'on veut atteindre son sommet, il faut le mériter. Peu importe : pendant mon enfance, je n'ai jamais fait qu'escalader tout ce qui pouvait ressembler de près ou de loin à une hauteur.

Debbie m'accompagnait plus souvent. Nous nous donnions rendez-vous au pied du mont chauve, après le dîner que nous expédiions, silencieux, chez nos parents. L'ordinaire se composait de poissons. Julius, lui, pestait contre les nouvelles du soir débitées par un cravaté tiré à quatre épingles. J'avais onze ans et demi. Tous les journaux télévisés satellitaires rabâchaient une semaine sur deux la même litanie : le pétrole se raréfiait, les réserves encore exploitables que s'était arrogées un cartel de pays riches, unis pour la circonstance, ne satisferaient pas les besoins courants du monde développé au-delà de cinq ans.

Mon père ricanait. « *Ouais, p'tit, cinq ans d'une vie de misère. Et cela fait trente ans que j'entends ces minets bien coiffés me répéter cette connerie. Ouais, peut-être bien qu'un lustre, ça peut faire une trentaine d'années au bout du compte, et en mesurant ça avec un élastique.* » Le premier verre de vin du repas était éclusé à ce moment précis de l'édition du soir. Puis, un autre costumé, en reportage sur le front du Proche-Orient, récapitulait scrupuleusement les exactions portées au peuple A par le peuple B. Il rappelait ensuite, figure de circonstance à l'appui, que tôt ou tard, tout finirait par exploser dans cette région que l'on pouvait qualifier, sans trop risquer de s'avancer, de véritable poudrière. Julius commençait à râler et finissait son deuxième verre. Il ne se mettait à hurler que si le cravaté évoquait le marronnier incontournable de la pilule DB.

Cette dernière était enfin au point. Il suffisait à présent de déterminer les conditions que devaient remplir les éventuels candidats au traitement ; la DB retardait le vieillissement de manière beaucoup trop efficace pour ne pas grossir les rangs des envieux. C'est peut-être pour cette raison que le seul critère d'acceptation d'une candidature se résumait à l'acquittement d'une somme définitivement inaccessible pour un écailleur de poissons comme l'était mon père. Alors, Julius criait pour de bon, après avoir reposé son troisième verre vide sur la table. Sa propre mesure de confidence. Je choisissais pourtant de m'éclipser avant qu'il ne sombre dans la mélancolie du souvenir de ma mère. Rose-Anne, qui n'avait pas vécu assez longtemps pour être contemporaine de cette fabuleuse découverte. Une pilule que ni mon père ni elle n'auraient jamais pu se payer. Taney n'abritait que des pauvres.

Rose-Anne Blom, épouse Pennbaker. Je croyais la retrouver dans les traits adoucis de Debbie, debout et fière, à deux ou trois enjambées des premiers raidillons du mont chauve. Elle m'attendait d'un sourire, vêtue d'une robe fripée, ses cheveux blonds tombant sur deux épaules menues. Nous échangions un bonjour timide, puis, stupidement, je la défiais de parvenir au sommet du chauve avant moi. Je gagnais toujours.

Comme aujourd'hui, puisque je suis seul à gravir l'escalier de la tour. Je me retourne sur les derniéres marches. Peut-être que Debbie va surgir du coude de l'escalier, riant aux éclats. J'attends encore, pour comprendre au bout d'une poignée de secondes qu'elle ne viendra plus.

La grimpée de l'escalier a eu au moins le mérite de me réchauffer un peu. J'extrais de la poche gauche de ma combinaison la clé, m'avance jusqu'au placard, l'ouvre, décroche de la patère mon manteau de porion qui m'attendait là en compagnie de quelques autres. M'en revêts aussitôt, puis verrouille le battant.

La tour est exigeante, les instances de Corney-Ground le répètent à qui veut l'entendre. Peut-être. Une fois par mois, en moyenne, un mineur parvient tout de même à se hisser jusqu'au sommet en trompant la vigilance du garde Bomby retranché au premier étage du Bateau. Le chapardeur se contente de subtiliser l'un des manteaux, puis redescend à toute allure. Le plus grotesque est qu'il n'en vole jamais qu'un. Par souci légitime de passer plus facilement inaperçu. Si Bomby relâche son attention de temps à autre, il retrouve vite ses automatismes de guetteur.

Bien sûr, le contrevenant n'est pas assez stupide pour revenir à la mine, le lendemain, endossé d'un manteau qu'il aura escamoté la veille. La pitié de son larcin se situe ailleurs. Le vêtement ne profite à aucun membre de sa famille, épouse ou enfants, ni même à lui. Le marché noir des manteaux de porions facilite l'écoulement de l'objet à un prix qui permettra de nourrir une maisonnée un bon mois, c'est tout. Si les pauvres ont toujours eu froid, ils détestent crever de faim.

Mon dos est glacé par le contact du tissu resté trop longtemps dans le vestiaire. Peu à peu, j'apprivoise la froidure de mon manteau ; mes muscles, en frissonnant, lui transmettent leur propre chaleur. Je frappe de mes pieds le parterre métallique de la plate-forme pour m'aider à oublier ce que ce monde en déroute me contraint à faire après chaque sortie de la mine. Danser cette chorée absurde pour repousser le froid, me calmer enfin, et embrasser d'un œil morne les alentours avant de redescendre.

Alors, je vois.

Sur la rive opposée à celle de mon quartier, l'usine de traitement hérissée de ses cinq cheminées crachant leur fumée sombre ; les immeubles agglutinés tout autour, où des gens continuent à vivre et mourir ; les rues nappées d'une fine pellicule de cendre où s'égaillent des gosses oubliés. Sous mes pieds, le Dodge en son long cours vers la mer ; les ponts qui l'enjambent l'un après l'autre, même si seul le premier d'entre eux m'apparaît voilé dans la brume noire, quand je distinguais encore nettement le suivant, il y a cinq ans à peine. Et par-delà toute cette misère, les lueurs persistantes de l'U-Zone. Ces brasillements orangés, perçant le brouillard de leurs pulsations irrégulières. C'est là-bas qu'elle s'est échouée. Peut-être que...

Je sursaute, brusquement. Un bruit a retenti quelque part sur le ponton. Je dirige mon regard vers le bas ; on s'agite près de l'élévateur — qui est remonté trop tôt.

Il y a trois hommes. Je reconnais l'un d'eux tout de suite. La posture, les mouvements un peu raides ; le béret ajouté au sarrau. Humphrey est en train de deviser avec deux mineurs dont l'un est torse nu. Je sens aussi que quelque chose ne colle pas. Sans pouvoir encore dire quoi.

Je dévale les marches du colimaçon quatre à quatre. La structure aérée de la tour me permet de garder un œil sur ce qui se passe entre Humphrey et ses deux acolytes. Je ne pense pas immédiatement à l'élévateur et à ses portes toujours grandes ouvertes ; aucun des trois n'a songé à le libérer.

Ils m'ont entendu arriver sans perdre leur calme. L'homme au torse nu m'adresse même un vague signe de la main. Humphrey, lui, reste prudent. La cage de l'élévateur est à ma gauche. De là où je me tiens, je ne peux pas en apercevoir l'intérieur.

Humphrey soutient mon regard, béret toujours vissé sur le front. Je pose la seule question qui me vienne à l'esprit.

« Qu'est-ce que vous foutez ici ?

— On faisait affaire. »

C'est Marnie le chauve qui m'a répondu. Le mineur au torse nu s'appelle Donovan. Un silence malsain pèse sur nous quatre.

« Et c'est quoi, cette affaire ?

— Vous devenez de plus en plus tocard, Pennbaker. Ou alors, c'est que vous avez la frousse. »

Je saisis très bien ce que Donovan veut dire.

C'est moi qui ai embauché ce musclé de foire il y a six ans. Le jour de l'entretien, lorsque je lui ai demandé ce qu'il savait faire, il m'a simplement dit :

« Ouvrez l'une des fenêtres de votre Bateau Raide, puisque c'est comme ça que vous l'appelez, et on va attendre.

— Attendre quoi ?

— Une mouche.

— Vous plaisantez ?

— Mon, pas avec les mouches. J'y mets un point d'honneur. »

J'ai vraiment cru que j'avais affaire à un dingue. Les désœuvrés des banlieues ou d'ailleurs sont généralement prêts à tout pour décrocher un emploi dans les entrailles de CorneyGround. À cause de la chaleur. Et ce type que je voyais pour la première fois de ma vie ne semblait pas déroger avec le degré nul de la plupart des candidatures que j'étais chargé d'étudier. Les cursus inventés de toutes pièces, que certains postulants plus imaginatifs que la moyenne revendaient aux suivants mot pour mot ; aucun n'était dupe sur les chances d'un laïus aussi invraisemblable, mais tous achetaient de bonne grâce ce sésame dérisoire pour deux euros à ceux qui avaient déjà échoué, tout simplement parce qu'ils avaient perdu jusqu'à la force de savoir mentir.

Donovan possédait au moins le mérite d'innover. Je n'avais jamais entendu la requête de la mouche, auparavant.

J'ai ouvert la fenêtre de mon bureau minuscule,

me suis rassis, puis ai décoché un sourire narquois à l'adresse de cet homme vêtu d'un débardeur, qui arborait fièrement ses bras puissants et huilés.

« Ça va pas tarder, monsieur Pennbaker. Les mouches, ça pullule. »

Un insecte est bientôt entré dans la pièce, trahi par son bourdonnement léger.

« Ne bougez plus, maintenant » m'a-t-il enjoint.

Donovan lui-même s'était figé. Seuls ses yeux marron vivaient encore dans leur orbite, suivant au battement d'ailes près le trajet de la mouche.

Celle-ci a voleté, nonchalante, visiblement attirée par le liquide gras des bras de Donovan. Puis, au terme d'une minute d'attente, elle a commis la seule erreur qui pouvait précipiter sa fin. Je pense aujourd'hui encore qu'elle aurait passé son chemin débonnaire de mouche à merde si elle avait eu une conscience, même vague, du sort que lui réservait son bourreau.

Donovan la tenait dans sa main refermée. Il m'a confié, avec son air satisfait :

« Voilà, on y est. Maintenant, regardez bien, porion. Je peux m'asseoir ? Je serai plus à l'aise, et puis, comme ça, vous verrez mieux. »

Je l'ai encouragé à le faire. Alors, il a pris place, s'est penché au-dessus de mon bureau, a posé ses deux bras huileux à même le plateau, les yeux rivés sur sa main close. On pouvait entendre l'insecte qui se débattait à l'intérieur.

Donovan a craché un glaviot des plus glaireux par l'interstice minuscule que formait son index en crochet.

« Elle va se noyer, chef. »

Au bout de vingt secondes, la mouche ne bourdonnait plus, en effet. Donovan a ouvert la main pour laisser tomber l'insecte auréolé de sa nappe de salive sur le bois crasseux, m'a déclaré avant de commencer :

« Vous n'allez pas le croire. »

J'ai soupiré.

« CorneyGround est une mine, monsieur Donovan, pas une succursale d'enculeurs de mouches.

— Non ? sans blague ? Et moi, je vous parie mon embauche que vous réussirez pas à faire ce que vous allez voir.

— Pari tenu.

— Bien, bien » a-t-il ajouté d'une voix sûre.

Il a commencé par les pattes et les ailes qu'il a décrochées avec une méticulosité extrême. Et j'ai ricané.

« Jusque-là, rien de transcendant. Un gosse de quatre ans fait ça tous les jours.

— Sûr. Mais pas ce qui va suivre, porion. Pas ce qui va suivre. »

Aussi, j'ai vu, réellement, les doigts pourtant énormes de Donovan ouvrir l'abdomen de la pauvre mouche, en extraire l'intestin qui baignait dans son hémolymphe rouge crémeux, et le dévider lentement, sans rompre à aucun moment le fil ressemblant à de la mauvaise gélatine. Je n'oublierai jamais le regard que Donovan m'a adressé à cet instant précis. Celui du manuel fier de son art. Et je me souviens encore de ce qu'il m'a dit, pour conclure :

« Je m'en vais tout de suite si vous êtes capable de faire la même chose. »

J'ai dégluti une boule de salive noire.

« Vous faisiez quoi avant d'entrer dans ce bureau ?

— Équarrisseur dans les abattoirs Nord. »

Il y a probablement le même défi dans les yeux de Donovan, aujourd'hui. Et si les deux autres ne connaissent rien de l'épisode surréaliste de la mouche, je sais pourquoi il me provoque.

J'ai compris tout de suite ce que ces trois hommes manigançaient là, dès que je les ai entendus émerger sur le ponton. Donovan me reproche seulement mon manque de courage, et ma question de porion hypocrite qui ne fait que les humilier. L'hippopotame gît sur le plancher de la cage ; je n'ai plus besoin que l'on me le confirme, à présent.

« Vous n'avez pas le droit. Cet animal est propriété de l'État.

— On va quand même le prendre, me répond Marnie. Et le droit, et l'animal.

— Toi, Humphrey, tu en penses quoi ? »

L'escorteur baisse les yeux sur le métal du ponton.

« Je pense comme les autres. On ne fait rien de mal. Un hippo, c'est de la carne qui peut être bonne à manger. »

Je secoue la tête.

« Bon dieu, même les Africains n'en voulaient pas, quand ils crevaient de faim.

— On n'en a rien à foutre de tes Africains de merde, Pennbaker, crache Donovan.

— C'est quoi, les Africains ? » demande Marnie, ahuri.

Et brusquement, l'impression de malaise que j'avais éprouvée depuis le haut de la tour me reprend. Quelque chose ne va pas.

« Laissez-nous passer, Pennbaker, me dit encore Donovan.

— Parce que c'est toi qui vas le découper en morceaux ?

— Qui d'autre pourrait le faire, à votre avis ? Bomby ? »

Tout mon corps se raidit.

« Qu'est-ce que le garde viendrait faire là-dedans ? »

C'est ma deuxième question lâche et stupide. Donovan hausse les épaules, sincèrement navré.

« Vous n'avez même plus l'ombre d'une couille dans votre scrotum, Pennbaker. Et franchement, j'en suis désolé pour vous. Maintenant, rentrez chez vous avec votre joli manteau de porion et foutez-nous la paix. »

Je ne réponds rien. Je me contente de repérer la fenêtre excentrée du local qu'occupe Bomby, dans le Bateau Raide, à cent cinquante mètres de nous. Il surveille sûrement depuis le début trois mineurs qui ont faim et un pauvre imbécile.

Le froid me saisit plus douloureusement. Je m'éloigne sur le ponton, dans la brume noire. Par instants, je me retourne ; Donovan, aidé de Marnie, dégage de l'élévateur le cadavre flapi de l'hippo qui tressaute sous les aspérités du métal. J'ai malgré tout, avant de contourner le Bateau Raide par la droite pour rejoindre la passerelle de desserte, le temps d'entendre Humphrey m'apostropher.

« Tu penses à mon flaireur, Pennby, hein ? »

Oui, j'y penserai. Je suis payé pour ça.

7

« Gagnez trois litres d'eau pure à notre grand jeu "if the rain comes", Inscrivez-vous dès maintenant sur le réseau local. »

L'affiche orne le mur d'un immeuble. Les deux phrases inscrites en lettrage immense sont illustrées d'une photographie des plus suggestives. Une jeune femme nue, au corps irréprochable, se douche à une eau qui semble tomber du ciel bleu. En arrière-plan, une plage de sable blanc agrémentée de quelques palmiers accueille les vagues indolentes d'une mer limpide.

Le blanc, le bleu. Je marche dans les rues ; il fait encore nuit claire. La plupart des résidents ne sortant qu'au soir tombé, seuls les enfants traînards courent encore sur les trottoirs.

Ces gamins n'ont jamais connu que le ciel voilé, les cheminées des usines à charbon, l'eau sale à laquelle il faut se laver, et le froid.

Ils sourient, se chamaillent. Je passe auprès d'eux ; quelques petites filles se servent du rempart de mon corps pour échapper à leurs poursuivants braillards. Je ne parviens même pas à m'attendrir.

Car j'ai appris que la lassitude vient seulement avec les années, lorsque la pénombre devient trop pesante. L'eau, alors, se fait puante à force d'être saumâtre ; la notion de jour perd inexorablement son sens, et l'on se résigne à nommer notre misère comme tous les adultes avant nous : nuit claire pour le jour ancien, tel qu'il pouvait être avant la reprise de l'exploitation du charbon, nuit pleine pour ces heures noires, rendues aveugles par la brume qui recouvre toutes les Villes.

On grandit, en Capitale ou ailleurs, et l'on comprend peu à peu que la nuit demeure la moins menteuse de nos compagnes. On ne semble revivre qu'après le coucher d'un soleil désormais inutile, parce que l'obscurité garde une part de son utilité. Le noir du brouillard dans le noir de la nuit, les deux s'annulant. Et tous ces gosses resplendissant d'un magnifique sourire l'ignorent encore.

« Vous rêvez d'un bain voluptueux ? Vous voulez vous prélasser dans deux cents litres d'eau pure et chaude, tout embaumée des senteurs du printemps ? » Une jeune femme, tout aussi nue que la précédente, se prélasse au centre d'une vasque encastrée dans le sol d'une pièce luxueuse. La mousse du bain caresse son cou ; son visage s'abîme au creux d'une jouissance quasi indescriptible. *« TV Ludus et son émission "À l'eau de la claire fontaine" vous offrent ce moment de plaisir ultime. Soyez fidèles à notre rendez-vous hebdomadaire, connectez-vous au réseau local et répondez aux questions qui vous seront posées après le générique final. À bientôt ! »*

Une eau chaude. Je n'ai jamais vraiment connu cela.

« Hep ! monsieur ! l'fait rien qu'm'embêter ! »

La gamine tire de sa menotte le bas de mon manteau. Elle me sourit de toutes ses petites dents qui n'ont pas encore eu le temps de noircir, en me désignant de l'autre bras malingre le môme boutonneux qui jugeait jusqu'à présent irrésistible de lui tapoter les fesses avec un bâton plastifié. Il se tient à distance respectable, adossé à la paroi cendreuse d'un bâtiment. Âgé de huit ans, peut-être. Et tout à coup, je ne sais plus quoi faire. Mes mains se refusent à quitter les poches tièdes de mon vêtement. Je voudrais pourtant ébouriffer gentiment les cheveux de la petite fille, lui dire deux ou trois mots de réconfort, calmer pour de bon les ardeurs de son camarade de jeu, puis m'éloigner ; je ne peux pas.

« M'sieur ? »

Elle insiste. Mes lèvres se tordent ; le malaise m'étreint irrépressiblement. Ce contact insurmontable. Des images furtives voilent mon regard. Debbie allongée dans les herbes du mont chauve, à mes côtés. Sa main qu'elle laissait négligemment posée tout près, et que je n'ai jamais serrée au creux de la mienne. Je...

« Qu'est qu'y a, m'sieur ? »

La voix fluette de la petite me tire de mon gouffre. Ce qu'il y a ? Je crois que je n'en sais rien. Il faut simplement que je m'en aille.

Je m'élance, abandonnant la gamine incrédule et le petit garçon visiblement soulagé, bifurque le plus vite possible dans une rue adjacente pour essayer de les oublier. Le blanc, le bleu. Qui peut dire aujourd'hui à quoi ressemblent ces couleurs, autrement que sur des affiches numérisées ?

« Venez déguster l'eau du père Dubois au tarif d'une bière de coupe. Vous ne le croirez pas et... ne le regretterez jamais ! »

Ils mentent. J'ai dégusté l'eau du père Dubois dans l'établissement du même nom. Un liquide filtré au facteur de pureté 0.25, de la même couleur rouille, ou peu s'en faut, que l'eau de mon propre robinet. Mais, en entrant chez cet escroc, j'ai espéré le contraire, comme tous les autres dupes avant moi.

Mon appartement se rapproche. Deux rues encore.

Je ne peux pas oublier le sourire timide de la petite fille qui implorait mon aide ; CloseLip m'attend chaque fin de nuit claire.

8

Je ne m'attarde pas dans l'entrée de mon immeuble. Les deux grands miroirs, poudrés de poussière brune, à gauche de la porte principale, ne surprennent plus les visiteurs. Ils sont aveugles eux aussi. L'ascenseur est en panne définitive. Les jointures du sol s'effritent ; quelques carreaux commencent à se décoller. La brume noire vient se loger jusque là, sous les losanges de pierre. J'emprunte l'escalier.

Sur les paliers intermédiaires, je relis pour la millième fois les injonctions sinistres qu'ont inscrites des anonymes. *« La Capitale est le fantôme de sa propre nuit. » « La nuit de Capitale est le soir de notre mort. »* Entre les troisième et quatrième étages, je cite à mi-voix la plus désespérée d'entre elles : *« Qui sommes-nous pour vivre dans le noir ? et qui viendra fermer nos yeux, à l'heure de notre dernière nuit ? »*

J'atteins le cinquième. Trois portes s'offrent à moi. Je ne connais rien de celle qui fait face à l'escalier, rien de la deuxième, plus à droite. Si des êtres humains vivent de l'autre côté de ces planches de bois vermoulues, je ne les ai jamais croisés. Je pose le pouce sur la plaque du témoin digital disposée à mi-hauteur du chambranle de mon entrée. Le système de comparaison d'empreintes ronronne deux ou trois fois, puis libère la gâche de la serrure. Alors, j'entre, referme la porte. Je suis de retour chez moi.

L'obscurité est toujours la première à m'accueillir. Ma gorge se noue. Le vestibule exigu distribue de gauche à droite la cuisine, le salon, puis le couloir menant à la chambre et à la salle de bains. Et je devine où se terre CloseLip.

J'entre dans le salon baigné de la lueur fadasse des réverbères qui, depuis la rue, s'allument l'un après l'autre comme pour se répondre. Il est six heures du soir. C'est l'été. Le froid se durcit.

Le canapé est devant moi, coussins tournés vers la baie vitrée. Je la sens là. Tout mon être me fait mal.

« CloseLip ? »

Elle ne répond pas. Je m'avance au creux de la pénombre. Pose une main sur le dossier de velours fripé. Caresse de mes doigts timides le tissu.

« CloseLip, tu es là, n'est-ce pas ? »

Et la voix étrange, trouant soudain le vide des lieux, me dit :

« Bonjour, Forrest. »

Elle m'appelle encore ainsi, de temps à autre.

Je contourne le canapé pour venir me planter face à elle, dos tourné aux fenêtres.

« Tu m'as manqué, tu sais.

— Comment vas-tu ?

— Je vais bien, lui dis-je d'une voix étranglée.
— As-tu passé une bonne journée ?
— Je crois, oui. Et toi ?
— Je vais bien. »

Je ne distingue qu'une silhouette informe. Mes yeux ne se sont pas accoutumés au manque de lumière. Pourtant, je suis sûr de voir ses cheveux longs et blonds de petite fille, son joli nez retroussé, ses pommettes hautes et ses lèvres éternellement pincées lorsqu'elle ne parle pas.

Je lui confie bêtement :

« L'hippo d'Humphrey est mort, cet après-midi.
— Et ça lui a fait mal ?
— Oui, terriblement mal.
— Il a souffert. Et... Et toi, comment vas-tu ? »

Deux larmes naissent au coin de mes yeux. Bientôt, elles parcourront les ailes de mon nez transi, puis refroidiront mes joues avant de couler sur le manteau. Le temps pour mon cauchemar de s'épanouir.

« Il fait noir, me dit CloseLip.
— Oui, tu as raison. Je vais allumer. »

Je rejoins d'un pas la lampe de chevet posée sur le guéridon, près de la baie.

La lumière embrase aussitôt la pièce d'un jaune poreux. CloseLip m'apparaît, assise sur le canapé, buste raide, bras inertes dans le prolongement des flancs, jambes rosées touchant à peine le sol. Elle a choisi de s'habiller d'une robe de flanelle rouge assortie de petits escarpins blancs. Comme tous les soirs. Et moi, je n'ose pas la décevoir.

« Tu es magnifique, tu sais ? Cela faisait longtemps que tu ne t'étais pas faite toute belle pour le retour de papa.

— Je vais bien. Et... et... »

Sa voix déraille à nouveau.

« Et... c'est quoi, un hippo ? »

Mes larmes coulent enfin. Je n'éprouve plus que le froid tout autour de moi, la peur qui grandit, effroyable. Je ne pourrai jamais me résoudre à débrancher ma caricature de fille.

« Tu viens, Closie ? Papa va nous préparer à manger.

— Oh oui. Oh oui. »

Aussi, le vieux réplicant se lève, à gestes maladroits et poussifs, et me suit dans la cuisine en émettant ses cliquetis innombrables. CloseLip, ma fille-fantôme.

Je me prépare une salade d'algues fortifiantes et un sauté d'ersatz de bœuf. CloseLip, sacrifiant à un rite instauré dès ses premiers jours de vie, s'attable et suit chacun de mes gestes. La poudre lyophilisée jetée au fond d'un gros bol attend sa ration d'eau rouillée ; la tranche de viande cuit dans la poêle, à l'aide de son huile auto-chauffante.

« J'aime bien la couleur des algues, papa.

— Moi aussi, ma puce. »

Les rumeurs de la rue me parviennent. Elles enflent toujours plus. La nuit pleine s'installe, à présent. Les enfants n'ont pas encore quitté les trottoirs ; ils sont seulement rejoints par les adultes qui, tous, sortent de leur trou. Peut-être mes deux voisins de palier sont-ils du nombre.

Je place le saladier au-dessous du robinet, ouvre ce dernier. L'eau coule, légèrement orangée, exhalant une odeur tenace de sel rance. D'un geste machinal, je serre un peu plus le filtre à taux 0.09, placé en collier sur le mitigeur. Je serai au moins épargné par la dysenterie.

Très vite, les fines tranches d'algues s'épanouissent en un bouquet étoilé. Simple mémoire de forme. Et j'ai vraiment trop faim pour m'arrêter à la couleur répugnante que l'eau leur a donnée.

« Oh. »

Je me retourne, inquiet.

CloseLip observe tranquillement son épaule gauche. Le bras s'est déboîté tout seul.

« Ne bouge pas, Closie, je vais arranger ça. »

Délicatement, je pose une main sur son frêle omoplate, l'autre à la jointure du coude, et j'exerce deux pressions simultanées et contraires, vers le bas et le haut. Un claquement sec retentit presque aussitôt, CloseLip me sourit et oublie ce bras voyageur qu'elle a retrouvé. C'est la quinzième fois en deux mois que cela se produit. Ma fille s'étiole, et je n'y peux rien. Bientôt, elle ne sera même plus en état de marcher ; toutes les articulations céderont l'une après l'autre, parce que c'est ainsi que les réplicants se fatiguent de la vie. Et puis, il n'existe aucun service après-vente pour les prototypes.

J'essaie de retenir mes larmes, m'assieds en face de CloseLip et commence à manger.

Ma fille me demande encore :

« C'est quoi, un hippo, papa ? »

La question est toujours la même. Seul l'animal change, en fonction de la nouvelle espèce attribuée à Humphrey, une fois que le flaireur précédent a rendu l'âme.

J'avale une bouchée d'algues au goût de fange, réfléchis quelques secondes à ma réponse.

« C'était un gros animal sans poil, très grégaire, et qui passait la majeure partie de sa journée dans l'eau.

— C'était ?

— L'hippopotame en tant que tel n'existe plus, Closie. Il a été cloné avant son extinction. Aujourd'hui, les...

— C'était ? »

Elle n'a pas compris, mais je préfère mille fois ses questions imbéciles au silence. Même si je ne lui réponds pas toujours.

Ma mère, elle, ne me répondait jamais.

L'image de Rose-Anne peuplait chaque recoin de la maison que le consortium nous avait offerte. Deux photographies en noir et blanc, parfois trois, ornaient les murs de toutes les pièces. Et depuis ce jour d'orage, où, au pied de la tombe, Julius m'avait saisi de sa main en pleurant, je m'arrêtais souvent devant elles. Toujours je remarquais le regard si noir, le rire un peu triste qu'elle arborait sur la plupart des clichés. Je lui demandais : « Comment tu vas, maman ? », et rien ni personne ne se manifestait.

Ma mère était devenue le souvenir d'un être humain toujours suspendu par le temps éphémère de la pose. Rose-Anne devant la maison, ou marchant en direction du Langkor dans les lueurs grises du soir tombant. Cette même jeune femme, sur le même chemin, surprise à son retour du même lac.

Les mois passaient, et je prolongeais la promenade de ma mère dans mes rêves monochromes. J'inventais tout ce que les portraits n'avaient pas voulu me montrer ou garder d'elle. Et si je ne me souviens d'aucun de ces voyages nocturnes, je me rappelle très bien ce soir d'automne. Je venais d'avoir treize ans.

Courir les pentes du mont chauve ou de la colline des morts ne m'amusait plus. Debbie s'était ainsi éloignée de moi, par caprice ou lassitude, ou peut-être parce qu'elle n'aimait pas ce nouvel endroit, aux heures indues où je le fréquentais.

J'arrivais au Langkor tard le soir. J'aimais me retrouver là, au plus près de la rive, pour goûter le vent discret qui ridait la surface de l'eau. À quelques pas, le ponton mordait dans le lac, flanqué des petites barques que les Taneyiens pêcheurs amarraient solidement entre deux sorties. Derrière moi, s'élevait le rempart des grands arbres, cette frange de feuilles bruissantes qui bordait presque tout le Langkor.

Le lieu me protégeait. J'avais fait le chemin qu'avait fait ma mère. Elle serait là, m'ouvrirait ses bras en souriant, et je la serrerais fort, très fort. L'eau clapotait contre les barques vides. Quelques oiseaux de nuit piaillaient dans les hautes ramures des arbres.

C'était un soir comme tous les autres, parce que je l'attendais, et qu'elle ne viendrait jamais. Je frémissais au moindre murmure du vent courant dans les branches, j'épiais un signe sur l'eau du Langkor si calme. Et puis, les pas, doucement, se sont rapprochés ; j'ai couru me cacher dans les arbres, instinctivement.

Benford débouchait du sentier. Quinquagénaire taciturne, compagnon de travail de mon père, qu'il retrouvait chaque jour sur les bancs d'écaillage de la grande usine, il promenait sa force calme au long des rues de Taney, saluant ceux qu'il croisait, le regard souvent perdu dans quelques souvenirs connus de lui seul.

Il tenait dans la main droite une longue canne à pêche, destinée sans doute à ferrer de grosses prises. Julius en riait, d'ailleurs, les rares fois qu'il évoquait cet homme : Benford côtoyait du poisson mort tous les jours, écaillant méthodiquement les vingt lots qu'on lui attribuait pour la journée, et cela ne le dissuadait même pas de se rendre au Langkor dès qu'il le pouvait.

Je ne pensais plus à ma mère. Je suivais Benford du regard ; ce dernier se dirigeait tout droit vers le ponton. Je l'ai vu s'installer, larguer les amarres, puis commencer à ramer pour gagner le centre du lac. Je l'ai vu préparer l'appât d'une main sûre, propulser la canne en un geste ample. Je l'ai vu, enfin, se dresser sur son embarcation tandis qu'il fixait désespérément un point tout près de sa ligne de flottaison.

Le corps énorme a émergé de l'eau dans la même seconde. J'ai entendu Benford hurler de terreur et je suis resté pétrifié, abrité par les arbres. Le vent soufflait toujours en brise paresseuse ; je ne crois pas qu'un seul oiseau ait piaulé à ce moment très précis, ni après.

Le temps s'est figé de lui-même. Benford reculait vers la proue, sa canne toujours en main. La chose se hissait à présent dans la barque. Et c'était incompréhensible. L'esquif ne gîtait pas sous la manœuvre. Il demeurait droit sur l'eau, insensible aux appuis lourds et répétés de la forme insensée.

C'était nu, gluant, chauve et glabre, d'une laideur immonde. La peau mouillée luisait sous la lueur naissante du grand quartier de lune. Ça n'avait pas de cou, donnant l'impression que le corps avait été taillé d'un bloc à peine dégrossi. Les bras, rustauds, pendaient à flanc d'un buste sans mamelons ; les jambes difformes évoquaient deux boudins de chair visqueuse. Benford, lui, ne pouvait plus reculer, lâchant sa canne pour se saisir d'une rame.

Il brandissait son arme dérisoire, tremblant de tous ses membres. Alors, au cœur de ce cauchemar qui semblait interminable, la voix a fini par s'élever, claire et profonde, et je l'ai entendue aussi nettement que Benford à deux cents mètres de là.

« Ne me demande pas pourquoi tu vas mourir. »

Benford a balbutié quelques mots inaudibles, battant l'air de sa rame juste au-dessus de la gueule de la chose.

« Tu vas rejoindre le néant, poursuivait l'être difforme. Profite des derniers instants qu'il te reste à vivre. Ne succombe pas à la haine. »

Puis Benford a frappé l'épaule du monstre de toute sa force, en a lâché la rame sous la violence de l'impact. La forme des profondeurs ne bronchait toujours pas. Elle lui a simplement craché, haineuse :

« Pauvre imbécile. »

Je n'ai pas pu entendre ce que suppliait Benford, du fond noir de sa peur. Je me suis contenté de le lire sur son visage liquéfié : *Non ! Non !* L'être sombre, au même moment, faisait un pas dans la barque, tendait son bras pour crocheter le cou du pêcheur, puis soulevait le tout sans peine.

Les arbres me protégeaient. Mais j'allais devenir fou si je restais plus longtemps ici. Je haletais, tentais de retrouver l'usage de mon corps tétanisé, dans l'espoir de fuir le plus loin possible. Je ne me suis pas rendu compte que l'être regardait dans ma direction.

Et cette voix, encore, aussi proche qu'un chuchotement. Une voix de femme qui ne s'adressait qu'à moi.

« C'est toi que j'ai attendu. »

Je souffrais mille enfers. La voix me rappelait ce que j'avais oublié ; ce que j'avais toujours entendu sans pouvoir le nommer.

La main continuait de serrer le cou de Benford qui se débattait.

« Ne succombe pas à la haine. Meurs en être digne si tu le peux. »

Le pendu pitoyable s'agitait au bout de sa potence, plus faiblement au fil ténu des dernières secondes. Puis, d'un seul coup, il s'est contracté en un ultime soubresaut, et la main a lâché prise. Le corps s'est écroulé dans le fracas du bois de la barque. L'être sombre m'a de nouveau regardé, intensément. A plongé enfin.

Il glissait dans l'eau, les bras le long du corps, les jambes totalement immobiles. Et lorsqu'il a atteint la rive, debout à une trentaine de mètres de moi, je ne désirais plus qu'une chose : mourir, disparaître à tout jamais.

La terreur tout entière me glaçait. Cette voix. Que j'avais sûrement reconnue. L'être difforme me rejoignait à pas lents, traversait l'écran des arbres.

« Tu sais qui je suis. N'aie aucune crainte. »

Il s'était arrêté et, du haut de ses deux mètres, me fixait de deux yeux noirs. Sur le visage grossier, les traits du nez et de la bouche se fondaient dans le magma de la chair nécrosée. Tout le corps répandait une odeur de putréfaction épouvantable. Et je voulais en finir.

La voix. Les yeux noirs.

« Je suis ta mère, Pennbaker. »

Alors, j'ai hurlé, hurlé à en devenir fou.

Pap...

J'aurais brûlé ma vie mille fois pour échapper à ce cauchemar.

Papa...

Je ne me rappelle pas avoir entendu quiconque prononcer ce mot-là.

« Papa. »

Je rouvre les yeux. CloseLip n'a pas bougé. Je perçois dans son regard une lueur trouble ; elle a eu peur.

Ma fourchette, avec son morceau d'algue, pend lamentablement au bout de mes doigts.

« Tu as crié, papa. »

Les larmes me viennent, irrésistiblement. L'être sombre m'avait laissé hurler tout mon soûl.

« Et puis, il m'a parlé, Closie.

— Qui ? L'hippopotame ? »

Je n'entends plus ma fille, parce que je n'ai pas quitté le couvert des arbres. Cette chose abominable qui se prétend ma mère me parle toujours aussi clairement, à des années de mon enfance.

C'est toi que j'attendais. Dis-moi, Forrest, connais-tu la profondeur des tombes ?

La profondeur des tombes. Aujourd'hui encore, je ne comprends pas.

« Tu n'as plus faim, papa ? »

Je tremble, cherche une réponse en fixant le visage de CloseLip, et murmure d'une voix désincarnée :

« Qu'a pu vouloir dire ma mère, Closie ? Quelle profondeur, et quelles tombes ? »

Un craquement d'os se produit. L'épaule de ma fille s'est démise une nouvelle fois. Et je pleure pour de bon.

La tranche de bœuf peut refroidir. Je n'y toucherai pas.

9

CloseLip s'est couchée. Je demeure seul, debout sur mon balcon exigu. La rue, cinq étages plus bas, s'anime avec les premières heures de la nuit pleine ; j'ai revêtu mon manteau pour ne pas avoir trop froid.

Très vite, les groupes se forment sur les trottoirs, de loin en loin. Des adultes par dizaines se retrouvent autour de braseros improvisés ; quelques planches de bois, récupérées des immeubles désertés, se consument dans les flammes rougies des foyers. Les jeunes femmes rient déjà aux plaisanteries coquines des hommes les plus entreprenants. J'aperçois aussi deux vieillards s'adonnant à un banal troc de nourriture, sous les yeux indifférents de ceux qui les ont admis provisoirement dans le cercle chaud le plus proche de ma résidence.

Je les observe tous, pensant à la nuit sans sommeil que je serai bientôt trop faible pour repousser, à cause d'une vision atroce, d'un visage et d'un corps qui ne sont pas ceux de ma mère. Même s'ils me poursuivent inlassablement.

Ce sont eux que je vais revoir dans les conduits de CorneyGround, jour après jour. Je ne peux pas résister à leur appel lancinant, à la promesse toujours fausse que l'être sombre me fait en s'appropriant la voix et les yeux de Rose-Anne.

Le monstre ne me dit rien. Le plus souvent, il me salue d'une phrase lapidaire : « Tu reviendras toujours. » Et pour ce soir, je n'ai plus le courage de me laisser happer par les souvenirs.

La froidure me fige les joues ; le brasero, tout en bas, m'attire par ses chatoiements orangés et pourpres. S'il me faut terminer ma nuit au bord du gouffre, autant la peupler des angoisses ajoutées de tous ces fantômes que je m'apprête à rejoindre, et dont je ne sais encore rien.

Les deux vieillards sont repartis, se perdent bientôt dans le noir de la brume, réapparaissant à la faveur des réverbères qui balisent la rue, avant de s'éloigner pour de bon.

Ils sont là, figurant une corolle de chairs ternes autour du feu. La nuit pleine se mélange à la brume noire en l'adoucissant un peu. Les enfants n'existent plus ; ils ont réintégré leurs taudis déjetés, fatigués d'avoir couru dans les rues enfumées de charbon. Bientôt, ils n'en auront plus la force.

L'une des femmes, autour du brasero, s'aperçoit de ma présence en retrait de son groupe. Elle a tout de suite remarqué mon manteau de porion. Je l'entends qui murmure quelque chose à l'un des hommes d'âge mûr qui se tient à sa droite. Ce dernier hoche la tête, se tourne vers moi et me lance d'une voix enrouée :

« Vous êtes Pennbaker, le porion ? »

J'acquiesce. Le cercle s'écarte aussitôt à hauteur de la femme qui m'avait repéré la première. Je referme la figure en insérant mon corps dans la ronde immobile. Certains me sourient, d'autres ne m'adressent aucun regard, préférant se fondre dans la chaleur des flammes. Mais tous offrent au foyer incandescent leurs paumes rougies par le froid. Alors, je les imite.

La femme, une quadragénaire à la beauté passée, me demande :

« C'est la première fois que vous venez ? »

Ce n'est pas vraiment une question. Je lui sais seulement gré de son effort pour tenter de m'intégrer définitivement à leur assemblée, même pour une nuit.

« Oui, ma fille me prend tout mon temps. Maintenant qu'elle est un peu plus grande, je peux...

— Avec un manteau pareil, on peut pas avoir de fille à élever. »

L'homme qui vient de parler hausse les épaules en me fixant d'un œil mauvais.

« Et qu'est-ce que ç'a à voir, Whitmore ? intervient le responsable du groupe, celui-là même à qui je devais mon entrée dans le cercle.

— Rien, Goodman, seulement ce que je dis.

— Et qu'est-ce que tu dis ?

— Que porion, c'est un métier de lâches. Et un lâche, ça peut pas avoir de gamins. Un type arrivé à ce genre de poste, ça pense qu'à lui. Désolé, tout le monde, mais j'ai jamais croisé ce Pennbaker en compagnie de sa fille.

— Excusez-le, me dit la femme avec un regard insistant, Whitmore a perdu son emploi tout récemment, et...

— J'ai rien perdu, Morgane !

— Et toi, tu la fermes » intime Goodman à Whitmore.

Les autres membres du cercle, mains toujours tendues au-dessus du foyer, ne réagissent pas, toussent chacun à leur tour.

« Cependant, poursuit Goodman en me dévisageant, même si je ne partage pas toutes les idées de ce jeune révolutionnaire mal dégrossi, je dois reconnaître qu'il a au moins raison sur un point : vous rentrez seul chez vous le soir, vous repartez le lendemain matin seul à CorneyGround. Qu'est-ce que vous venez foutre ici, Pennbaker ?

— Me réchauffer. Comme vous.

— Cela fait des mois que vous nous reluquez depuis votre balcon.

— Et qu'est-ce que ç'a à voir, Goodman ?

— Rien d'autre qu'une simple réalité. Vous êtes venu emmerder tout le monde avec votre manteau ?

— Non. J'allais passer une sale nuit, une de plus. Alors, je me suis dit que, peut-être...

— Quelle sale nuit ? me demande Morgane, d'un ton sincère.

— Une nuit qu'un porion mérite, crache Whitmore sans attendre ma réponse. À compter toutes ces saletés de mines de charbon que l'on a rouvertes aux quatre coins de ce monde pourri.

— Ouais, renchérit Goodman, la nuit dernière, sur le réseau local, le présentateur annonçait que les mines de l'hémisphère sud allaient être remises en état.

— Beaucoup de travail en perspective, et de l'électricité gratuite, pour tous ces lâches. »

Je serre mes poings tout contre les flammes.

« Une électricité qui ne nous chauffe pas, pauvre imbécile.

— Nous le savons, Pennbaker, concède Goodman. C'est bien pour cela que les appartements de fonction des portons n'intéressent personne.

— Pas plus que mon manteau, hein ?

— Non, pas plus, rétorque Whitmore. C'est plutôt ce qu'il représente qui nous fait vomir. »

Je grommelle :

« Ce n'est pas ce que pensent les mineurs de CorneyGround.

— Les mineurs volent les manteaux à destination de l'U-Zone, Pennbaker, et nous reversent une commission pour notre rôle d'intermédiaire entre les deux. C'est tout. Et ne me dites pas que vous n'étiez pas au courant.

— Je l'étais plus ou moins, oui. »

Je pense à quelque chose, soudain.

« Qui s'est procuré de la viande d'hippo ? Celui qui est mort ce matin dans CorneyGround ? »

Un silence désenchanté flotte un long moment, ponctué des quelques crépitements du feu qui se réduit, peu à peu. Puis, brusquement, une voix s'élève :

« Moi, fait l'un des trois autres hommes qui n'avaient encore rien dit.

— Et moi aussi, avoue Morgane.

— C'est coriace, ajoute l'homme embarrassé par son aveu, mais... ça remplit l'estomac. Oui. Ça le remplit.

— Et nous sommes en train de devenir pires que des rats, confie Goodman.

— Pendant que certains ont un manteau qui tient chaud, un appartement plus propre que nos bouges, et... »

Je me raidis.

« Tu commences à m'agacer, Whitmore. Tu veux mon manteau ? Prends-le.

— Il m'intéresse pas, le souterrain. Et je n'ai aucune entrée en hors-monde. D'ailleurs, tu te sers pas de l'U-Zone pour effrayer ta gamine ?

— Et pourquoi je lui ferais peur ?

— Pour l'envoyer au lit, tout bêtement. Certains vieux m'ont raconté qu'avant, on évoquait à ces chères têtes blondes le grand méchant loup, le père fouettard, toutes ces conneries, pour qu'ils se tiennent tranquilles. Allez, avoue. Ça nous permettrait peut-être de croire que tu as vraiment une fille. »

Je lui lance un regard haineux.

« Tu t'arrêtes, maintenant.

— Non, la taupe. Et pour parler franchement, tu me dégoûtes. C'est d'ailleurs ce que je reproche à toutes les crevures de ton espèce. Il ne fallait pas redescendre dans les mines, cautionner le choix de ces malades qui ont épuisé jusqu'à la dernière goutte de pétrole sans rien prévoir de plus propre. Des tas de régions ont été décimées au nom de ce système foireux. »

Goodman ne s'interpose pas, lèvres ourlées d'un sourire satisfait. Morgane, à mes côtes, tente de calmer son compagnon.

« Arrête, Whitmore. Ça ne sert à rien de rabâcher ce discours. Personne n'a vraiment eu le choix.

— Tu te trompes, ma beauté, repart Whitmore, fielleux. J'ai assez bouquiné pour savoir que je suis pas loin de la vérité. Les livres. La seule chose qu'ils ne nous aient pas encore enlevée. Crois-le si tu veux, Pennbaker, j'ai tout dévoré comme un enragé, parce que j'avais peur que les bouquins partent en fumée dans ce brasero ou les autres. Parce que c'est ce qui va arriver. Les programmes sur le réseau local ne commencent jamais que tard dans la soirée. Ça nous laisse tout le temps de nous rassembler dans les rues autour de ces putains de foyers pour avoir moins froid. Et qu'est-ce qu'on brûlera une fois qu'on aura épuisé tout le vieux bois des immeubles en ruine ? ici, en Capitale, ou dans toutes les autres Villes enfumées ? »

Whitmore se tait, continuant de me fixer de tout son mépris. Puis souffle, dépité :

« Monde de merde ! à qui je dois la mort de mes parents, à cause d'une saleté de pilule. »

Un silence de mort nous engloutit tous, que seule Morgane parvient à défaire.

« Je dois m'en aller, fait-elle d'une voix fatiguée.

Vous voulez bien me raccompagner, monsieur Pennbaker ? »

Je me tourne vers elle, la dévisage vraiment pour la première fois depuis mon entrée dans le cercle.

« Vous croyez sincèrement que c'est la seule chose à faire ?

— J'en suis sûre, oui. Raccompagnez-moi, s'il vous plaît. »

Elle ne salue personne, s'élance. J'hésite quelques secondes avant de la suivre. En la rejoignant, la voix de Whitmore résonne dans la rue cernée de l'ombre épaisse des immeubles.

« Fais de beaux rêves, Pennbaker. Je suis sûr que les tiens sont colorés. »

Non, cet imbécile ne sait rien de ma vie. Je ne rêve plus vraiment.

« Ne faites pas attention au désordre. Je n'ai pas eu le temps de ranger, ce matin. J'avais rendez-vous au magasin central pour un travail de nuit claire. »

Je m'avance au milieu du salon plongé dans la pénombre.

« Et qu'est-ce que ça a donné ?

— Je suis arrivée trop tard. Il était quatre heures.

— Il aurait fallu que vous arriviez quand, alors ?

— J'étais en avance. Enfin, par rapport au rendez-vous qu'ils m'avaient fixé. Les habitués, eux, attendaient devant les portes depuis deux heures du matin. »

Elle se dirige vers une vieille lampe d'appoint, actionne l'interrupteur du socle. Une faible lumière verte emplit l'espace. En levant la tête, je me rends compte que le plafond culmine à moins de deux mètres ; l'être sombre aurait dû se voûter pour pouvoir entrer dans la pièce. Et j'ai froid, tout à coup. J'essaie à tout prix de chasser cette image horrible. Il revient, du fond du lac. Whitmore n'est plus là pour me gaver de toutes ses stupidités, me forcer à oublier.

Je me noie éperdument dans les rares objets qui m'entourent. Un sofa dépaillé flanqué d'une table basse et bancale ; une commode plastifiée contre le mur de gauche ; les tapisseries auréolées d'anciennes fuites d'eau provenant des étages supérieurs ; l'accès à la cuisine ; une autre porte communiquant peut-être avec la salle de bains ou la chambre.

Morgane me demande :

« Quelque chose ne va pas ?

— Non... »

Je me ressaisis à grand-peine. Il n'y a aucun désordre, dans cette pièce.

« Non, tout va bien. C'est la hauteur du plafond, je crois. Chez moi, c'est plus grand.

— Asseyez-vous, je vous en prie. Vous me donnez l'impression de ne pas vouloir rester. »

Elle m'adresse un sourire d'une tristesse infinie. Ses dents commencent à noircir, insensiblement.

« Je vous en prie » me supplie-t-elle encore.

Alors, je prends place sur le sofa aussi dur que du vieux bois.

« Vous savez, me dit-elle debout face à moi, je veux seulement discuter. Seulement partager avec vous quelques heures. Si vous le voulez. Votre fille dort, n'est-ce pas ?

— Oui. Elle est assez grande, maintenant, pour que je la laisse seule.

— Je sais. Vous l'avez déjà dit tout à l'heure. »

Morgane s'assied à son tour en élisant la table basse, les deux bras en appui sur ses cuisses. Et elle se laisse contempler, ménageant ce court silence qu'une femme sait si bien installer lorsqu'elle requiert l'attention d'un homme.

Elle a été belle, et son visage dégage toujours un charme tendre et effacé ; quelques petites rides soulignent les commissures de lèvres encore volontaires et sensuelles. Ses cheveux brun roux et mi-longs enferment les joues et le joli cou. Suivent le dessin rond des épaules, la poitrine profonde, le buste et les jambes fines. Ses yeux ne sont pas noirs.

« C'est ce que je voulais aussi, Morgane. Vous savez, j'ai trop connu la solitude pour ne pas apprécier la simple compagnie d'une femme. »

Elle me sourit encore, plus enjouée cette fois.

« Vous mentez très bien, monsieur Pennbaker.

— Forrest. Je ne mentais pas.

— Vous n'êtes pas vraiment seul. Vous avez votre fille.

— Oui, bien sûr. Même si ce n'est pas ce que vous croyez. CloseLip n'est qu'un réplicant. »

Je la sens qui se raidit, imperceptiblement.

« Vous avez toujours envie de partager quelques heures avec moi ?

— Je suis étonnée, c'est tout, répond-elle, méfiante.

— Ce serait de toute façon trop long à expliquer. Ma vraie fille est partie avec sa mère il y a très longtemps. Et je ne les ai plus jamais revues. Alors, CloseLip m'a aidé. »

Ma gorge se noue, mes mains se crispent sur mes genoux.

« Oui, on peut le dire comme ça : elle m'a aidé à supporter leur absence.

— CloseLip ?

— Ce n'est pas son vrai nom. Vous savez, ce n'est qu'un prototype. Elle ne parle presque pas. Mais j'espère qu'elle ressemble à ma fille. Au moins un peu. »

Morgane s'est levée pour aller s'adosser au mur opposé. Je comprends son geste. À sa place, j'aurais certainement agi de même.

« Et c'est de cette sale nuit que vous parliez, tout à l'heure ?

— Non. Non, pas vraiment. »

L'atmosphère devient trop pesante. J'étouffe, et je ne supporte pas le regard craintif de cette femme.

« Il vaut mieux que je m'en aille. C'est préférable. »

Elle secoue la tête, cherche ses mots dans le but de ne pas me blesser.

« Je n'ai pas vraiment peur, Forrest. J'ai du mal à comprendre, c'est tout.

— Alors, pourquoi vous êtes-vous réfugiée contre ce mur ? »

Je regrette déjà ce que j'ai dit. On exige toujours trop des autres, et trop vite.

Morgane ne relève pas.

« Vos sales nuits, c'était quoi ? »

Je soupire, tout à coup, éprouvant une immense fatigue.

« Vous ne me croiriez pas.

— Vous paraissiez sincère, tout à l'heure, autour du brasero.

— Morgane... »

Je croise son regard, conscient de m'en remettre à un être humain que je ne connais pas, effrayé par cette plongée sans retour que je risque de subir, si je lui réponds et qu'elle ne m'écoute pas. Mais je n'ai qu'elle et ses cheveux brun roux, en cet instant, pour éviter de sombrer.

« Est-ce que vous avez une idée de ce que peut être la Mort ? Je veux dire, de ce à quoi elle pourrait ressembler si elle croisait votre chemin ? »

Elle murmure :

« Non.

— Moi, je l'ai rencontrée.

— Quoi ?

— Je l'ai rencontrée ! fais-je d'une voix plus forte. Et elle m'a parlé de la profondeur des tombes. Vous connaissez la profondeur des tombes ?

— Calmez-vous, Forrest.

— C'est ce qu'elle m'a dit ! Ses yeux étaient noirs et profonds, comme ceux de ma mère. Et elle avait sa voix. Et j'avais mal à en crever. Vous connaissez ?

— Je connais quoi ?

— La profondeur des tombes. Depuis vingt ans, j'essaie de comprendre. J'ai même demandé à mon père, lorsque je suis rentré à la maison. J'avais couru comme un fou, sur le chemin du retour, parce que je voulais seulement mourir, pour oublier cette horreur absolue qui avait surgi du lac. Mais Julius était soûl. Il crevait de solitude. Et je n'étais jamais là.

— Qui est Julius ?

— Mon père. Je lui ai crié *"Papa ! PAPA !!!"* et il continuait d'insulter tous les richards qui avaient la chance de se traiter à la DB, cette foutue pilule miracle sélective, comme il l'appelait. Il braillait aussi contre les consortiums pétroliers. Ceux-ci avaient annoncé le soir même que tous les puits de la planète étaient taris, et qu'il fallait maintenant agir au plus vite. Il était question de reprendre l'exploitation d'une source d'énergie aux réserves quasi inépuisables. Le temps pressait. Et moi, tout ce que je voulais, c'était parler à mon père. *"Papa, pourquoi faut-il que je connaisse la profondeur des tombes ?"* Il ne m'écoutait pas. Il ne savait même plus ce qu'il disait. Il mélangeait tout dans sa tête. Sa haine du monde, la mort de ma mère qui le hantait. J'ai pleuré sans pouvoir m'arrêter. Julius s'est effondré de fatigue sur la table de la cuisine. Et je pleurais toujours.

— *La profondeur des tombes, quand nos yeux s'y notent...*

— Aujourd'hui encore, elle me poursuit. Elle est là, dans les entrailles de CorneyGround, et elle me dit qu'elle attend.

— Vous avez entendu, Forrest ? me demande doucement Morgane. Forrest ? »

Ma respiration est heurtée, j'ai chaud ; je m'aperçois que je n'ai pas pensé à me défaire de mon manteau. Peu à peu, je reprends conscience de la lumière verte et granuleuse, de tout ce qui me cerne. Morgane se tient toujours debout face à moi, appuyée contre le mur.

J'ânonne :

« Qu'avez-vous dit ?

— Je citais le vers d'un poème que j'ai lu il y a longtemps. *La profondeur des tombes, quand nos yeux s'y noient...*

— Et où l'avez-vous lu ?

— Je ne m'en souviens plus. J'y ai repensé presque tout de suite, dès que vous avez parlé de... cette Mort. À quoi ressemblait-*elle* ?

— Je ne peux pas vous le dire, parce que c'est trop horrible. Et ma fille me manque, Morgane. Toutes ces années, j'ai cru que je lui parlais.

— Vous m'en avez parlé, à moi.

— Ce n'est pas pareil. »

Morgane se soustrait à mon regard, visiblement affectée. Je murmure encore :

« Pardonnez-moi, ce n'est pas vraiment ce que je voulais dire. Pas comme ça.

— Je comprends très bien. Même si c'est dur à entendre. »

Puis elle s'avance, d'un pas digne et souple, contourne la table basse, s'assied à mes côtés sur le sofa en me chuchotant à l'oreille :

« J'ai envie de vous, Forrest. Seulement envie de vous. »

Je tourne mon visage vers le sien. Une chaleur douce envahit soudain tout mon corps.

« Ce n'est pas ce que vous vouliez, tout à l'heure.

— Tout à l'heure, non. Mais c'est moi qui décide. Et maintenant, je le veux. »

Aussi, lentement, je m'abîme dans ses yeux qui papillotent sous l'insistance du désir. Je suis les méandres de son visage que le vert de la lumière me rend presque impalpable. Elle me tend ses lèvres entrouvertes en fermant les paupières. Et ma bouche rejoint enfin la sienne.

Elle est nue sous moi. Comme elle, ma peau mal délavée par l'eau trop sale se teinte d'un ocre terne. Comme moi, elle essaie d'oublier l'odeur rance de nos vies. J'aime ses seins, la rondeur de son ventre. Son sexe qui enserre le mien, le retient. Ses cuisses pleines. Ses fesses un peu molles, son anus chaud qui palpite des coups répétés de ma queue qui ne la respecte pas et dont elle veut encore.

Tout ses traits se relâchent par le plaisir qui grandit en elle ; en moi. Nos yeux se rencontrent, s'évitent, mouillés, vitreux de tout ce qui nous submerge ; parfois, elle réclame ma bouche pour sentir ma langue jouer avec la sienne, comme un pénis par-dessus l'autre de plus en plus impatient. Elle aime mon poids sur son corps. Ses mains me caressent le dos, inlassablement ; les miennes ne la touchent pas. Je suis à elle. Et nos deux corps le hurlent tour à tour.

La couverture rapiécée nous isole du froid. Morgane est étendue de côté contre moi, sa jambe pliée sur mon ventre et mes genoux. Je sens la chaleur de son sein m'effleurer le bras, sa main courir au long de ma poitrine. Je n'éprouve rien de particulier, sinon le petit vide indolent d'après l'amour. Ma compagne respire à petites bouffées, m'embrasse la joue, parfois.

Noir est le plafond, aussi noir que le fond de CorneyGround. Les images incessantes me reviennent. Le froid de la mort s'insinue par mes pieds, mes bras.

« Ça va ? me dit la voix tendre de Morgane.

— Je ne sais pas. Pourquoi l'a-t-il tué ?

— De qui parles-tu ?

— L'être sombre. Pourquoi a-t-il tué Benford ? C'était sur le lac. Benford était venu pêcher. Et l'être sombre l'a étranglé avant de me rejoindre sur la rive.

— Qui était ce Benford ?

— Un chômeur devenu Taneyien par adoption forcée, comme tous les autres, et payé par le consortium aqua-alimentaire Stolen pour écailler toute la journée des centaines de poissons.

— Alors tu viens d'un village dédié.

— J'y suis même né. Rose-Anne, ma mère, a résisté encore un an, là-bas, avant d'être emportée par un cancer. Et mon père m'a élevé seul. Benford, lui, ne faisait rien de mal. Il venait pêcher, c'est tout. Alors, pourquoi lui ? »

Morgane se serre davantage contre mon corps.

« Il n'y a pas eu d'autres morts, après ?

— Non. Des hommes de la Stolen sont même venus sur place, pour dégager le consortium de toute responsabilité contractuelle et, accessoirement, relever des indices. Ils n'ont rien trouvé. Aucune trace sur le cou du mort qui semblait avoir été terrassé par un banal arrêt du cœur. Je me rappelle aussi le regard curieux et insistant de l'un des deux enquêteurs. Kean George. Mais pourquoi Benford ?

— Tu as tout de même réussi à en parler de nouveau à ton père ?

— Après ce soir de cauchemar, je n'ai jamais pu. Plus jamais. Et... »

On frappe à la porte d'entrée. Trois coups brefs. Morgane sursaute.

« Je n'attendais personne.

— Moi non plus » dis-je.

Je devine son sourire gêné dans l'ombre de la chambre.

« Tu veux que j'y aille, Morgane ?

— Non, attends-moi là, je ne devrais pas être trop longue. »

Elle se vêt rapidement d'une robe de chambre, disparait, pieds nus, en sautillant pour s'épargner la froidure du sol.

Au creux de l'obscurité, je perçois le cliquètement du loquet de la serrure, la rumeur monocorde d'un court dialogue. Puis des pas de sauterelle glissant de nouveau vers la chambre.

Morgane s'arrête au pied du lit et murmure, perplexe :

« C'est Whitmore. Il voudrait te parler.

— Je l'attendais plus tôt.

— Tiens » me dit Morgane sans prêter attention à ma remarque, quittant sa robe de chambre pour me la tendre.

Je m'habille pendant qu'elle se réfugie sous la couverture du lit.

« Attends-moi là, Morgane...

— Tu ne devrais pas être trop long, c'est ça ? »

Et c'est moi qui souris, cette fois-ci.

Whitmore me toise, sur le pas de la porte — Morgane n'a pas daigné le laisser entrer. Il ne semble pas réellement surpris de me découvrir accoutré de la sorte.

« J'espère que je ne vous dérange pas, commence-t-il, sourire égrillard aux lèvres.

— Non, on en avait terminé. Qu'est-ce que tu me voulais, Whitmore ? »

Mon tutoiement subit l'encourage. J'espère seulement que cela l'incitera à aller tout de suite à l'essentiel.

« Je me disais que... »

Il hésite, baisse la tête sur le parterre crasseux. Je grelotte de froid, perds vite patience.

« Dépêche-toi, je suis à moitié nu et cette porte ouverte attire tous les courants d'air.

— Non, en fait... je voulais simplement vous... te dire de ne pas m'oublier, si une petite place se libère à CorneyGround.

— Je pensais que creuser une galerie était réservé aux lâches.

— C'est pas ce que tu crois, Pennbaker.

— Et qu'est-ce qu'il faudrait que je croie ?

— J'opère une infiltration en bonne et due forme. Tu sais, un peu comme dans ces vieux bouquins d'espionnage où le héros se retrouve en plein milieu du nid de guêpes, pour mieux le détruire.

— Et tu t'imagines, dans ta petite tête, que je vais embaucher un type qui veut infiltrer l'ennemi dans l'unique but de le flinguer ? Tu m'estimes assez dingue pour engager mon propre tueur ?

— T'as pas compris, Pennbaker. Le nid de guêpes, tu l'occupes, comme tous les autres connards logés à la même enseigne que toi. Alors que j'en veux à ces trous du cul de propriétaires qui l'ont construit et installé là, en plein milieu du Dodge, rien que pour nous pourrir la vie un peu plus. Comme si notre existence de merde ne leur suffisait pas.

— Tu te trompes de cible, Whitmore.

— Je ne pense pas.

— Une dernière chose, quand même.

— Oui ? »

Je profite de l'obscurité pour armer mon poing. Le coup, net et violent, fuse aussitôt. J'entends Whitmore gémir, reculer sous l'impact jusqu'à la porte opposée du rez-de-chaussée.

« Mais t'es dingue ! bafouille-t-il.

— Maintenant, fous le camp, Whitmore. Je n'aime pas trop que l'on me traite de connard. »

Il essaie de récupérer, massant sa mâchoire douloureuse d'une main prudente ; se redresse, retrouve progressivement son équilibre. Sa voix résonne dans l'espace confiné du palier.

« Les carbies, ça te dit quelque chose, non ? »

Je soupire, résigné à devoir le supporter quelques secondes de plus.

« Les voitures à charbon officielles. Pourquoi tu me demandes ça ?

— En général, elles traversent les quartiers pauvres dans un but bien précis.

— Fous le camp.

— Et elles s'arrêtent, aussi. »

Je m'élance, prêt à le frapper une seconde fois, et il s'enfuit aussitôt. Au même moment, le tonnerre éclate dans le ciel noir de la Capitale. Je réintègre l'appartement, referme la porte derrière moi.

La silhouette nue de Morgane tranche à peine sur l'ombre du salon. Elle regarde par la fenêtre la pluie qui tombe, à présent.

« Ne reste pas comme ça, tu vas prendre froid.

— Ne t'inquiète pas. J'ai juste envie de prendre une douche. Tu viens ? L'eau de pluie, même saturée de particules, c'est toujours mieux que cette lavasse qui sort de nos robinets, tu ne trouves pas ?

— Vas-y, toi. Je te surveillerai, si tu as besoin de moi. »

Morgane, savon en main, tourne l'espagnolette, écarte les deux battants, enjambe le mur et court jusqu'au centre de la cour intérieure. Puis elle se plante dans toute sa nudité de femme mûre et entreprend sa toilette. D'autres, très vite, la rejoignent. Ils sont bientôt une dizaine à se frotter la peau et je n'ose pas refermer la fenêtre. Par peur de me retrouver seul, peut-être. Je me contente de rejoindre à tâtons le manteau que j'avais laissé traîner sur le sofa.

Les carbies.

Une frayeur brusque m'envahit.

10

Les affiches virtuelles défilent à un rythme effréné. Les rues se succèdent, sombres et désertes ; tous les citadins ont délaissé les braseros pour regagner leur logis poussiéreux et suivre les jeux télévisés du réseau local, dans l'espoir d'obtenir trois litres d'eau pure, un bain délassant et idéalement chaud ou un mois de soins gratuits en institut aquifère.

Je cours, obsédé par ce que je risque de découvrir une fois parvenu à mon appartement. Je ne me suis même pas rendu compte du trajet que Morgane et moi avions effectué pour rejoindre son deux-pièces, ni du temps que nous avions mis. Mon manteau me semble lourd. Tout mon corps s'échauffe, je transpire, mes muscles se raidissent toujours plus. Bientôt, je serai obligé de ralentir la cadence de mes foulées, puis d'ajuster mes pas à la douleur qui saisira mes jambes et mon crâne saturé de charbon. Kean George me rattraperait sans la moindre difficulté, aujourd'hui.

Le soir où il m'avait filé jusqu'au bord du lac, il me chercherait encore si je n'avais pas renoncé.

George, de toute façon, ne m'avait jamais cru. C'est sans doute pour cela qu'il m'avait adressé ce regard ambigu, lors de mon interrogatoire.

« *Alors, tu te trouvais où, le soir où ça s'est passé ?*

— J'étais dehors, devant la maison.

— Et tu n'as rien entendu ?

— Pourquoi ? Il aurait fallu que j'entende quelque chose ?

— Le Langkor ne se trouve jamais qu'à un peu plus de six cents mètres de la maison de ton père.

— Vous avez conclu à un arrêt du cœur, non ?

— La mort, ça peut ressembler à un cri, petit gars. À un long cri.

— Alors, je n'ai rien entendu. »

Il ne me croyait pas, non. Aussi, lorsque, deux jours plus tard, je l'ai vu surgir des frondaisons, sur le sentier conduisant au lac, j'ai fui à toutes jambes.

J'ai contourné le Langkor par le sud, regagné les contreforts de Taney pour m'engouffrer dans les rues calmes. Kean me talonnait, souffle court. Mais j'avais pour moi une connaissance des lieux irréprochable. Au creux de la nuit qui tombait, je n'éprouvais aucun mal à me repérer.

« Hey ! Arrête-toi ! »

Après la traversée de Taney, en accélérant encore l'allure, j'ai bifurqué sur la droite pour emprunter la route qui menait vers le mont chauve. Et si George était toujours derrière mot la distance entre nous deux grandissait.

« Arrête, bon dieu ! Je ne te veux aucun mal ! Tu m'entends ? »

Je l'entendais. La pente du mont chauve se dressait face à moi, haute et noire, et en réfléchissant, j'ai compris qu'une fois arrivé au sommet je ne pourrais pas le semer. L'autre versant, que je connaissais moins pour l'avoir pratiqué trop peu en compagnie de Debbie, était parsemé de roches, et la raison pour laquelle ce type du consortium Stolen me courait après ne méritait probablement pas un tel risque. Alors, je me suis arrêté.

George m'a rejoint. Il respirait avec difficulté, cherchait l'air de ses poumons. Ni lui ni moi ne pouvions nous douter que ce genre d'exercice serait un jour impossible.

« Tu cours vite, dis donc.

— L'habitude. Qu'est-ce que vous me voulez ?

— Tu poses mal la question, mon petit gars.

— Je ne suis pas votre petit gars.

— D'accord, d'accord. Forrest, ça te va ?

— Ça m'ira.

— La bonne question, Forrest... »

Corps plié en deux, respiration toujours bruyante, il essayait de recouvrer son souffle.

« La bonne question, c'est : qu'est-ce que tu allais faire au Langkor au moment où je t'ai surpris ?

— J'étais sur le chemin du lac. Ça ne prouve pas que je m'y rendais. »

Kean George récupérait peu à peu de son effort.

« Et finaud avec ça. Maintenant que tu t'es bien amusé, tu peux répondre à ma question ?

— J'y vais de temps en temps.

— Et pour y faire quoi ?

— Ça, ça ne vous regarde pas.

— Peut-être, mais je suis sûr que tu étais au Langkor, le soir où Benford est mort. Tu n'as rien d'un mythomane, ça se voit. Tu ne sais pas encore mentir.

— Parce que vous, vous savez ?

— On apprend avec le temps. C'est malheureux, mais c'est comme ça. Qu'est-ce qui s'est passé, exactement, sur ce foutu lac ? »

J'ai croisé son regard. George figurait un spectre pourvu de trois trous béants de ténèbres : les deux yeux et la bouche qu'il entrouvrait encore pour terminer de récupérer tout à fait. Je n'avais plus la force de me dérober.

« Je l'ai vu debout sur sa barque. Il a poussé un cri, et puis il s'est laissé tomber. C'est tout. C'est vraiment tout ce que j'ai vu.

— Rien d'autre ?

— Non. Benford est mort comme vous l'avez dit. »

George, après un long silence, m'a demandé :

« Qu'est-ce que tu vas faire de ta vie, Forrest ?

— Je ne sais pas. Pour le moment, j'essaie de suivre les cours du réseau local.

— Pour devenir un jour comme ton père ?

— Vous croyez que j'ai le choix ?

— Non, pas vraiment. Essaie quand même de te trouver autre chose, c'est un conseil. La Stolen ne va pas investir dans les villages dédiés indéfiniment. Tu sais, Forrest, si j'ai insisté, c'était seulement pour t'aider. »

Puis il s'est rapproché, a posé la main sur mon épaule.

« Si j'avais eu un fils et qu'il...

— J'ai déjà mon père, monsieur George.

— Je le sais, cela n'a rien à voir avec ça. Si ce fils m'avait regardé comme toi quand je t'ai interrogé au lendemain de la mort de Benford, j'aurais compris à quel point un être humain peut être défiguré par la peur, et combien cette peur finit par le rendre dingue. Si tu avais été mon enfant, Forrest, j'aurais fait n'importe quoi pour t'en débarrasser. J'aurais essayé, en tout cas, je te le jure. »

La peur. Les premiers troubles de l'anoxémie me guettent. Étourdissements, pertes de connaissance fugitives. Je marche au pas pour arriver vivant au seuil de mon immeuble.

Quand Whitmore a évoqué le passage d'une carbie, j'ai refusé de croire qu'il s'agissait d'une voiture rôdant aux abords de mon propre quartier. J'ai pensé que cet imbécile parlait d'un véhicule croisé durant son trajet jusqu'au logis de Morgane. Puis, j'ai pris la peine d'être lucide quelques secondes, le temps pour moi d'imaginer le déroulement de la scène.

Whitmore, Goodman et les trois autres hommes forment leur cercle autour du brasero qui n'irradie plus qu'une chaleur de braises mourantes. Ils discutent peut-être de mon entrée insolite au sein de leur groupe, de mon manteau, aussi. Au même moment, débouche la voiture officielle a l'angle de la rue principale. Tout le monde se retourne. La présence d'une carbie, dans les quartiers pauvres, est trop rare pour ne pas éveiller la curiosité.

La voiture roule très lentement, en collant scrupuleusement au trottoir de droite. Elle crache ses volutes de charbon par le pot chromé qui longe le bas de caisse puis remonte vers le toit en épousant la courbe de la portière arrière.

« Tiens ! On dirait que c'est pour le souterrain. »

C'est sûrement ce que doit dire Whitmore en suivant le véhicule du regard.

Après une progression interminable d'escargot malade, la carbie s'immobilise devant l'entrée de mon immeuble, En descend un homme coiffé du képi réglementaire des employés administratifs de CorneyGround, revêtu de l'uniforme bleu nuit des coursiers. Les groupes d'hommes et de femmes qui occupent la rue ne l'intéressent pas. Il se dirige tout droit dans le bâtiment. Appelle l'ascenseur. Réalise qu'il est en panne.

« Putain de quartier pourri ! »

Se résigne à prendre l'escalier. Ne s'attarde pas à lire les messages inscrits sur les murs. Grimpe à son pas tranquille.

Le coursier atteint le cinquième, se plante devant ma porte, et frappe. Plusieurs fois. Sans résultat. Alors, il décide de glisser le mot de papier blanc sous le battant, puis s'en va.

De l'autre côté, CloseLip, qui ne dormait pas vraiment, s'est levée du lit pour rejoindre l'entrée. Aperçoit le bout de papier sur le sol en même temps qu'elle entend les pas du coursier dévalant l'escalier. Et son intelligence artificielle grossière improvise.

Recoupe toutes les informations et effectue une mauvaise analyse.

Je pénètre au rez-de-chaussée, complètement exténué.

Elle croit que l'individu a glissé ce mot par erreur, puisqu'elle vit cette situation pour la première fois. Jamais, jusqu'à présent, un coursier dépêché par les pontes de CorneyGround n'était venu frapper à ma porte. CloseLip s'empare ainsi du papier légèrement froissé, ouvre la porte et panique. Le bruit des pas s'estompe trop rapidement. Elle a peur de manquer l'inconnu, de ne pas le rattraper à temps.

Je dépasse le premier étage.

Elle sait que l'ascenseur ne fonctionne plus depuis des années. L'escalier égrène ses marches vers le bas, prêt à l'accueillir dans sa descente.

Je me trouve à mi-chemin entre le troisième et quatrième.

Ma fille est convaincue que ce message ne nous appartient pas, et en conclut absurdement qu'un homme a délibérément gravi cinq étages pour glisser sous une porte un courrier dont il ne voulait pas se séparer.

Je suis au quatrième. M'engage pour la dernière série de marches. Et je la vois là, étendue toute raide sur le palier intermédiaire.

« Closie ? »

Elle ne réagit pas. Je me précipite, tombe à genoux. Son visage est tourné contre la paroi, yeux fermés, lèvres crispées. Son épaule est encore déboîtée, les jambes vaguement repliées.

« Closie ? Tu m'entends ? »

Ce n'est sûrement qu'une chute sans gravité. Elle va se réveiller. Je distingue au creux de la pénombre un carré pâle dans le prolongement de sa main gauche. Le mot apporté par le coursier.

Les larmes aux yeux, je m'en empare. Même dans sa hâte, et la chute qu'elle a subie, Closie ne l'a pas lâché.

Je glisse un bras sous les épaules de ma fille, l'autre à la pliure des genoux, la soulève le plus délicatement possible et la ramène à la maison.

Les portes de mes deux voisins de palier restent désespérément closes. Je me sens seul à en mourir.

Veuillez vous présenter dès demain à la première heure sur le Bateau Raide. Je vous attends.

Lorkraft.

J'oublie le mot, repousse ce monde en déroute à la lisière de ma douleur. Ma CloseLip est endommagée ; elle n'a probablement plus aucun espoir de retourner à une existence de réplicant plus ou moins normale. Aussi, je sombre tout entier, assis dans l'angle du sofa, la tête de ma fille posée sur mes cuisses, son épaule réajustée, le corps inerte allongé en travers des coussins, mes mains posées au plus loin des siennes. Cinq étages plus bas, le silence de la rue déserte se mêle à la poussière de la Mort en suspens. Je ne peux même pas boire un seul verre d'eau, de peur de me rappeler une fois de plus son goût horrible.

Ma vie est un long enfer.

11

Je n'ai pas pu dormir. Jusqu'aux lueurs ternes de la nuit claire qui se levait, j'ai follement espéré que CloseLip allait se réveiller. Elle n'en a rien fait. Aussi, lorsque je l'ai quittée pour mon rendez-vous, gardant les mêmes vêtements noircis, le corps toujours parfumé de l'odeur entêtante de Morgane, j'ai recouvert ma fille d'un drap de lin.

Comme pour la protéger du monde.

Je pénètre dans le lieu sacro-saint perché au dernier étage du Bateau Raide. Tout en boiseries chantournées, garni de meubles d'essence rouge pour la plupart ; de l'acajou, selon les rumeurs qui courent les galeries de CorneyGround. Plusieurs lustres diffusent une lumière bleu roi, d'une froideur désagréable.

Lorkraft, vêtu de sa parka doublée, arbore la gueule d'un hibou fatigué. Yeux ronds, cheveux hirsutes, nez crochu et petit, il mesure les interlocuteurs qui franchissent le seuil de ses dépendances d'un regard précis et volontairement hypocrite. Rien ne l'atteint ; il se charge de vous accueillir d'un mépris nonchalant, souriant parfois, d'humeur maussade le plus souvent. Comme ce matin.

« Eh bien ! qu'est-ce que vous attendez, Pennbaker ?

— Pardonnez-moi, monsieur Lorkraft. »

Je m'installe dans le fauteuil réservé aux visiteurs. Un siège ridiculement bas, inconfortable au possible : le directeur de CorneyGround sait recevoir dans les règles de son art consommé du pouvoir.

« Pennbaker, vous savez quelle est la raison de votre convocation ?

— Non, Je n'en ai aucune idée. »

Le rapace se penche sur son bureau rouge sang.

« Les affaires vont mal. »

Je me méfie, tout à coup. Cette ordure n'a pas l'habitude d'entamer la conversation d'une manière aussi tranchée. Il poursuit :

« Disons, pour faire court, que les résultats de l'escorteur m'inquiètent.

— Humphrey ?

— Il n'y en a pas cinquante-six, Pennbaker. Un seul suffit déjà amplement. Il paraît que cet handicapé mental a encore épuisé un flaireur, cette nuit pleine. Le troisième en cinq mois. C'est trop.

— Un hippopotame n'est pas la bête idéale pour ce genre de travail. »

Je me cale dans mon fauteuil de torture. Je sais, par expérience, ce qui va suivre.

Lorkraft me lance un regard noir.

« Les choses ne sont pas si simples. Les Consensuels ne me laissent aucune marge de manœuvre, mais je reste le responsable d'une mine qui doit continuer de cracher ses vingt tonnes de charbon par jour. Et s'il faut que vous fassiez creuser vos mineurs à deux mille mètres sous terre pour cela, je vous y obligerai.

— La prospection, la vraie, relève d'une tout autre technique, vous le savez très bien. Relevés et statistiques scientifiques, analyses d'échantillons...

— Taisez-vous, Pennbaker, me coupe-t-il, hargneux. Certains Consensuels, parmi les pires de cette bande d'écologistes dégénérés, avaient lu Zola dans le texte, le citaient, même — au dix-neuvième siècle, on envoyait les chevaux au fond de la mine. C'était donc donnant donnant. Et les consortiums ont été obligés de se plier à cette règle débile pour avoir le droit d'extraire. »

Lorkraft se tait, soudain, hausse les épaules, puis confie :

« Quand on pense au tollé qu'avait suscité en comparaison la mise en circulation de la DB, vingt ans en arrière, il y a de quoi être dégoûté des pauvres et de leur connerie rédhibitoire. Mais cela ne change rien au problème qui nous préoccupe, Pennbaker. Si Humphrey est incapable de prospecter avec ce qu'on lui donne, il remontera définitivement.

— Dans ce cas, pourquoi m'avoir dépêché un coursier ?

— Pour officialiser la procédure que je suis en train de mettre en place. Avec les appuis dont je dispose au Sénat Européen, j'ai de bonnes chances d'avoir gain de cause.

— Je ne comprends pas.

— C'est normal, Pennbaker, c'est pour cela que vous n'êtes que porion. »

J'ai été piégé. La remarque cache une stratégie subtile, je le jurerais. Le fauteuil d'abord, en préambule à l'humiliation, l'injure pour rendre cette dernière plus vive, et ce que je ne vois pas encore venir pour la parachever.

Lorkraft se baisse à droite de son bureau pour se saisir d'un objet. Sa main parvenue à hauteur du plateau, je découvre une jarre ornée d'un crochet au bout duquel pend un gobelet de terre cuite.

Je balbutie, incapable de réprimer mon trouble :

« C'est de l'eau, n'est-ce pas ? »

Il a décroché le verre, le pose sur le bois rouge pour y verser une eau d'une pureté incroyable, puis porte le tout à ses lèvres et boit, lentement. Lentement.

« Combien l'avez-vous payée ? » dis-je.

Il termine son gobelet, très digne, le repose sur le bois du plateau. Ma gorge est en feu ; j'ai soif à en crever. Je pense aussi à ma fille allongée sur le sofa du salon, et au bienfait que lui aurait sûrement prodigué un simple verre d'eau. Une eau comme celle-ci.

Je m'entête :

« Combien l'avez-vous payée ? »

Il balaie la question d'un revers de main dédaigneux.

« Aucune importance. Vous allez vous rendre

aux enchères Sud. Ramenez-moi quelque chose de convenable. Si l'animal en question ne donne aucun résultat, je donnerai une dernière chance à Humphrey. Mais pas celle que vous croyez. »

Je ne peux pas écarter mes yeux de la jarre et du gobelet. Mon cerveau s'embrume, mes sens plongent dans le creux d'un vide énorme. Je ne m'entends même plus parler.

« CloseLip, tu veux un verre d'eau ? juste un verre d'eau ? Ma fille ne mange pas, non, elle boit de temps en temps, pour me faire plaisir. Rien qu'un verre d'eau qui pourrait la ramener à la vie. Comme on le faisait quand on voulait consoler un gamin de sa petite chute et de ses genoux écorchés. C'est tout ce qu'elle veut.

— Pennbaker ?

— Si j'avais pu le lui donner, elle se serait réveillée, j'en suis sûr.

— Pennbaker !

— CloseLip, tu m'entends ? Papa est là, tu n'as plus rien à craindre. Laisse le monsieur crier. Je ne le connais pas. L'eau coule encore. Elle est magnifique, Closie. Elle est pour toi, rien que pour toi. Oh ! Elle coule à côté. »

Elle coule à côté.

Je cligne des yeux, ouvre ma bouche de stupeur. Le liquide se répand tout autour du verre sur le plateau ; délibérément.

« Mais, bon dieu, qu'est-ce que vous faites, Lorkraft ?

— Vous n'êtes pas venu dans mon bureau pour délirer à voix haute, Pennbaker. Et puis, ce n'est que de l'eau. Rien que de l'eau. Parce que c'est moi qui décide. N'oubliez jamais ça. »

Lorkraft verse au hasard sur le plateau, interrompt son gaspillage ignoble un court instant pour jeter un œil au fond de la cruche. Puis vide le reste du récipient dans le gobelet, et boit pour la deuxième et dernière fois.

Nos regards se croisent dans le silence feutré de la pièce. Cette crevure propulse enfin le verre par-dessus son épaule et me dit, d'une voix cassante :

« Les enchères Sud, Pennbaker. Si cela ne convient pas, et de toute façon ça sera le cas, j'irai chercher l'animal à la source. »

Il surprend mon coup d'oeil rapide sur la flaque d'eau pure de son bureau.

« Je ne vous humilierai pas au point de vous demander de laper consciencieusement ce que ma maladresse a provoqué. Contentez-vous de tremper l'un de vos doigts, de le porter à votre bouche, puis de foutre le camp. »

Je réponds non de la tête. Je préfère l'humiliation et il le sait.

Alors, en proie à un dilemme atroce, je contourne quand même le bureau, me penche au-dessus. Puis, je tire ma langue, l'approche de la surface et commence à laper. Comme un chien.

Je voudrais mourir, disparaître en fumée de charbon pour me fondre dans la brume noire. Je nettoie la place, essayant d'oublier le goût bizarre qui picote ma langue. Je lèche, pitoyable, irrésistiblement attiré par la promesse d'une eau pure dont je ne sens rien, au milieu de cette mélasse indéfinissable.

Lorkraft me lâche alors, avec un sadisme implacable :

« Dommage. Dommage que tous les meubles de cette pièce aient été cirés, hier soir. »

12

Les enchères Sud se déroulant dans une salle de spectacle abandonnée, à proximité des installations de raffinage de CorneyGround, de l'autre côté du Dodge, je dispose d'une heure et demie devant moi.

Je ne réfléchis pas longtemps. Dès ma sortie du bureau de Lorkraft, je me mets à marcher le plus vite possible jusqu'à mon appartement. Je ne prête aucune attention aux gamins qui traînent sur les trottoirs. Un seul d'entre eux, au cours de ma traversée de l'avenue, m'apostrophe.

« Hep ! monsieur ! T'aurais pas quelque chose dans la bouche, hein ? »

Je l'ignore comme les autres. Tout mon corps se tend vers un but unique et forcément dérisoire. Mes sens sont aussi asphyxiés que l'air de la Capitale.

Qui sommes-nous pour vivre dans le noir ? et qui viendra fermer nos yeux, à l'heure de notre dernière nuit ? Je n'en ai aucune idée. Je sais seulement que je suis arrivé. Le pouce sur le témoin d'empreinte, le pêne qui se libère.

CloseLip n'a pas bougé. Et moi, je sens que ma vie bascule irrémédiablement.

Un simple verre devrait convenir, mais, sans que je puisse m'expliquer pourquoi, je m'y refuse. Alors, je m'installe sur le sofa, tel que j'étais cette nuit pleine. Mes mains saisissent délicatement la tête de ma fille endormie pour la poser sur mes cuisses. J'ouvre sa bouche en appuyant d'un pouce sur le menton, approche mes propres lèvres des siennes en prenant garde de ne pas les toucher. Puis je libère l'eau que ma salive aura eu le temps d'épaissir ; le filet s'étire dans l'espace qui nous sépare, tombe au fond du petit palais rose.

« Bois, CloseLip. Tu vas guérir. »

Je presse la mâchoire de ma fille pour la forcer à déglutir, redresse son corps. J'imagine le trajet de l'eau pure noyée de bave tout au long de sa descente dans l'œsophage, et mon espoir insensé s'arrête là.

Elle ne se réveillera plus jamais.

Alors, insensiblement, un plan commence de germer dans mon esprit. Il ne faut que l'absurdité du monde pour espérer le voir aboutir. J'ai ma chance.

L'horloge murale, sur le mur opposé, m'indique qu'il est neuf heures. La réalité se déprend de moi, je n'ai pas envie de résister au flux qui me submerge.

La profondeur des tombes, quand nos yeux s'y noient...

La voix de Morgane m'appelle, mêlée à une autre. Un écho lointain de ce que j'ai été.

« Tu es d'accord, Forrest ? »

Debbie m'implorait du regard. En trois ans, elle n'avait pas vraiment changé.

Nous nous étions évités tout ce temps. Je n'allais voir mon père à l'usine qu'aux heures où j'étais certain de ne pas la trouver. Je ne me promenais plus dans les rues de Taney, oubliais les deux collines et le Langkor. Et après tant de mois creux, je la retrouvais là, sur le mont chauve, parce qu'elle avait glissé un mot sous la porte de notre maison, deux jours plus tôt. Julius, en le ramassant avec peine — son dos l'élançait atrocement —, m'avait dit, grognon :

« Ce ne peut être que pour toi. La prochaine fois, après t'être envoyé en l'air, pense à fixer le rendez-vous *avant* de te rhabiller et de t'enfuir comme un voleur. Vu ? »

J'ignorais comment mon père avait deviné ce que contenait le mot. Je me rendais compte, depuis peu, que j'avais hérité de la même faculté, pressentant certaines choses sans effort. J'aurais ainsi pu croire que l'être sombre m'avait transmis ce don ponctuel, le soir de la mort de Benford, sur le lac. Mais ma rencontre avec la Mort remontait à trop longtemps, et depuis, je ne l'avais plus jamais revue.

« Alors, tu es d'accord ? »

Et je ne voulais plus en entendre parler.

« Non, Debbie.

— Pourquoi ?

— Ce rite ne veut rien dire.

— Peut-être, mais c'est avec toi que je veux vivre l'ondoiement. »

Le ciel se tachetait de gris sombre, au loin. Nous savions tous qu'il s'agissait des fumées recrachées par les grandes agglomérations et leurs mines de charbon. Bientôt, les masses noirâtres recouvriraient Taney.

Debbie avait suivi mon regard.

« C'est moche, hein ?

— Oui. C'est même à cause de ces saloperies que mon père est en train de se réduire le dos en charpie. Il s'assied devant la fenêtre de la cuisine, et scrute les fumées. Sans s'en rendre compte, il se penche en avant, les fesses au bord de la chaise, parce qu'il croit mieux voir. Des heures et des heures. Debbie, pourquoi tu m'as donné rendez-vous ici ? Pendant trois ans, tu n'as pas eu besoin de moi, non ? »

Elle m'a souri, tendrement.

« Tu m'as manqué, Forrest.

— Toi aussi. Mais qu'est-ce que ça change ?

— Rien, sûrement.

— Alors, pourquoi ce rite ? avec moi ?

— Je n'ai trouvé personne d'autre.

— Ç'a au moins le mérite de la franchise.

— Non, ce n'est pas ce que je voulais dire. C'est avec toi que je veux le faire. Tu me crois ? »

Je la croyais. Et je lui ai dit oui, parce que j'étais malgré tout heureux de la retrouver.

Je l'ai rejointe le lendemain soir, au bord du Langkor.

Près du ponton, tout semblait calme. Les barques s'entrechoquaient sous l'effet léger du remous ; le vent était presque tombé. Mais mon regard revenait toujours se poser sur le centre du lac, là où Benford avait stoppé sa dérive, et j'étais déjà en train de regretter d'avoir cédé à Debbie.

Elle était devenue belle. Sa chevelure blonde et bouclée s'épanouissait autour des épaules. Le corps s'élançait en une harmonie subtile, la poitrine pointait sous le tricot de tissu grossier, et les jambes, superbes, donnaient une assise pleine de grâce au port naturel et fier qui était le sien. C'était peut-être pour cette raison que j'avais été incapable de refuser. Sûrement.

L'été déclinait à son aune, laissant les feuilles quitter les arbres en de longues volutes. Quelques oiseaux devaient chanter, dissimulés par les ramures ; je ne les entendais plus depuis la mort de Benford.

Debbie m'a ainsi pris le bras, avec douceur. Un large sourire illuminait son visage, et si j'avais pu, j'aurais plongé mon être tout entier dans le bleu doux de ses yeux.

Je l'ai entendue me dire, d'une voix d'adolescente émue :

« Il est temps, Forrest.

— Toi d'abord. »

Elle s'est déshabillée simplement et, au fur et à mesure que sa nudité se dévoilait, j'éprouvais un bonheur mêlé de respect pour ce corps plein. Elle était intimidée, me souriait encore en défaisant son pantalon de toile. Parfois, je me tournais vers le lac, à l'endroit où la silhouette sombre avait surgi des profondeurs. Puis ce fut mon tour.

Je me suis dévêtu, et je n'ai jamais oublié la gravité solennelle de son regard lorsqu'elle s'est avancée dans l'eau et m'a dit :

« Viens. Il ne va pas tarder. »

Je savais de quoi elle parlait. Beaucoup d'adolescents avant nous avaient sacrifié au rite, et malgré cela, j'étais persuadé qu'elle évoquait le spectre de l'être sombre.

Il allait surgir et nous emporter. Nous nous dirigions vers notre mort, et cent fois j'ai voulu crier à Debbie qu'il valait mieux renoncer. Mille fois, mes yeux ont cru voir la masse informe remonter du fond du Langkor.

L'eau était tiède, et j'interprétais ce signe comme un encouragement de l'être sombre à venir le rejoindre au creux de son désert de mort.

« Elle est bonne, tu sais ! » me criait Debbie.

Je ne lui prêtais aucune attention. Je cherchais désespérément où s'était immobilisée la barque avant que Benford ne vive ses dernières secondes, hésitais entre plusieurs points possibles. Je ne parvenais pas à choisir.

Debbie commençait à nager, ses fesses magnifiques et perlées d'eau luisant de toutes leurs rondeurs sous la clarté de la grande lune.

« Viens ! »

J'ai plongé, tenaillé par la peur, parce que la Mort serait bientôt en vue. Nous nagions côte à côte. Le rire haut et clair de ma compagne perçait la pénombre.

Essoufflés, nous avons tout de même atteint le centre du Langkor. Debbie, joyeuse, m'éclaboussait de sa main gracile, et j'en avais assez. Je ne pensais qu'à regagner la rive lorsque le vrombissement familier émergea de l'obscurité, haut dans le ciel de Taney.

L'appareil se rapprochait, gros oiseau lourd descendant en piqué sur le lac.

« Donne-moi la main, Forrest. Que l'ondoiement nous lave.

— Non. »

Son bras est resté tendu entre nous deux, orphelin.

« Forrest, je t'en prie, rien qu'une f... »

Elle n'a pas eu le temps de terminer. Les premiers poissons largués par l'avion tombaient déjà en pluie sur nos corps. Puis, la masse énorme d'alevins frétillants nous a écrasés pour de bon pendant plus d'une minute. Plusieurs fois j'ai coulé sous la violence du poids bombardé ; le fraîchin s'épandait en vagues nauséeuses ; j'avais envie de vomir, croyant réellement que cela ne s'arrêterait jamais.

Pourtant, peu à peu, l'eau s'est calmée, l'avion regagnait les airs au terme d'un bref demi-tour ; Debbie ne souriait plus. Nous avions accompli l'ondoiement. Ce rite stupide, ne signifiant rien d'autre que la manifestation de notre propre misère de villageois dédiés, et auquel tous les jeunes de Taney se pliaient en compagnie de la personne de leur choix, une nuit de pleine lune.

Nous étions parqués par la Stolen pour satisfaire ses exigences de production aqua-alimentaires démentielles et remplir l'estomac délicat des nantis, loin d'ici. Aussi, l'ondoiement avait été instauré dans le but mesquin de nous persuader que notre existence avait un sens, et que, par ce biais, nous nous l'appropriions dès notre plus jeune âge. Debbie était probablement en train de comprendre l'immense perversité de la supercherie.

Nous avons regagné la rive sans dire un mot, nous sommes rhabillés, machinalement L'eau du Langkor ressemblait à une hutte claire. L'être sombre n'était pas revenu et je n'en avais cure. Seul l'image du postérieur scintillant de Debbie m'obsédait encore.

Et m'obsède toujours.

13

L'eau fangeuse du Dodge m'attire, irrésistible. J'aimerais m'engouffrer dans son courant, tourbillonner avec elle vingt éternités durant. Le parapet de la passerelle, d'une hauteur ridicule, incite tous les suicidaires à basculer vers le néant ; j'ai pourtant toujours survécu.

J'ai surmonté ma honte, nié ma dignité d'être humain, lapé le plateau au goût infâme de cire vieille en croyant sauver mon ersatz de fille. Alors, je regarde au loin, vers l'amont ; le Bateau Raide se distingue à peine de la brume noire. Ma gorge brûle, me forçant à tousser, encore. J'ai l'impression que je vais recracher mes poumons morceau par morceau en une glaire sanguine interminable.

Tout va pour le mieux.

L'habituel quarteron d'enchérisseurs occupe les premières places. La scène vide, pour l'instant, ne présente qu'une tribune côté cour. Je choisis de m'asseoir en retrait, trois rangées derrière celle où une dernière paire de cul-terreux devise à voix basse en attendant l'arrivée du commissaire-priseur.

Sur les parois latérales de la grande salle, deux panneaux imposants martèlent leur aphorisme : « *L'Écologie Consensuelle au service des animaux menacés* » à ma gauche, « *La force incompressible de la Nature nous a modifiés* » à ma droite. L'animal d'élevage est devenu roi.

Je n'ai pas quitté mon manteau. L'endroit est froid, poussiéreux comme chaque recoin de la Capitale. Le rideau rouge et mité frémit, par intermittences, sous l'effet d'un corps qui le frôle. J'entends aussi des gémissements, quelques plaintes encore assourdies par le rempart de tissu. Puis, inexorablement, le cirque prend vie.

C'est d'abord le costumé de service qui fait son apparition ; mon père en aurait vomi. Une sorte de pingouin endimanché, pli du pantalon sûr, chemise blanche immaculée. Il écarte les deux pans du rideau et s'avance au bord de la scène.

« Messieurs ! »

Il est accueilli d'une rumeur blasée, ne s'en formalise pas et rejoint la tribune. Là, il s'empare de son maillet en signifiant par les trois coups frappés sur le socle de plastique que les enchères débutent.

« Nous avons cinq lots à vous proposer. Les paliers d'enchères sont fixés à quinze euros. Commençons tout de suite, si vous le voulez bien. »

Le rideau s'ouvre pour de bon. Sur le premier animal.

C'est un âne. Les oreilles longues, les yeux doux et soumis, pelage gris et blanc, il refuse d'avancer malgré les efforts répétés des deux techniciens chargés de l'amener au plus près de l'assistance. L'un le tire par le harnais pendant que l'autre exerce de son dos une poussée contre la croupe. Le spectacle grotesque dure trois bonnes minutes avant que le cravaté ne se résigne à libérer les deux hommes en sueur.

« Il n'ira pas plus loin. Je vous remercie. »

Les techniciens repartis en coulisse, l'âne choisit ce moment précis pour faire de lui-même les quelques mètres qui le séparaient de la rampe.

« Lot numéro Un, entame le pingouin avec emphase. Spécimen asinien type, en provenance de l'élevage clonien 12. Fiable, dur à la tâche, caractère facile, consommation réduite en eau et en graines.

— En tout type d'eau ? »

L'homme qui vient de poser la question, la seule qui intéresse vraiment un enchérisseur, s'est levé pour mieux examiner la bête.

« Tout type, bien sûr, confirme le costumé. D'après son propriétaire-éleveur, et nous n'avons aucune raison de douter de sa parole, cet âne n'a pas pour habitude de fréquenter les salons les plus huppés de la Capitale. »

Quelques rires fusent parmi les premières rangées.

« Nous démarrons l'enchère à soixante-quinze euros. Qui dit mieux ? Monsieur à ma droite ? »

Suit le ballet des mains levées et du doigt officiel du pingouin pointant les surenchérisseurs l'un après l'autre. L'âne sera finalement adjugé à six cents euros. Une misère.

Puis s'enchaînent dans l'ordre une autruche certifiée australienne, un pélican spécialisé en eau douce, un orang-outan élevé au sol. Je n'interviens pas une seule fois. Quand arrive enfin une bête noire et cornue, énorme, que les deux techniciens prudents ont préféré laisser s'égailler au hasard sur la scène. Tout le monde se tend ; le costumé, peu rassuré, se réfugie un peu plus derrière sa tribune.

L'animal massif, l'air mauvais, trottine en rond, s'immobilise parfois pour fixer les enchérisseurs les plus proches.

« Tout ira bien, messieurs, je vous en prie » exhorte le costumé.

Plus personne ne bronche. On pourrait entendre la mouche de Donovan voler en circuit fermé ; celle-ci se promène dans les airs sans être inquiétée, nargue l'assistance, bourdonnant autour des visages, se posant en toute tranquillité, repartant, revenant, proprement ravie de l'aubaine.

Le pingouin murmure, en épiant continuellement la bête du coin de l'œil :

« Lot numéro Cinq. Buffle de l'élevage clonien du Centre Nord. Robuste, capacité de travail conséquente, consommation moyenne. Tout type d'eau. Nous démarrons l'enchère à cent euros. Qui dit mieux ? »

Aucun bras ne se lève. Alors, j'en profite. Vu ma position retirée, le geste me paraît beaucoup moins dangereux à tenter.

« Cent cinquante au fond, bredouille le costumé, pétrifié.

— Les paliers sont de quinze » dis-je en haussant un peu la voix.

Alerté, le buffle renâcle aussitôt, s'ébroue, avance de deux ou trois foulées rapides. Ses sabots martèlent le sol avec une puissance inouïe. Il stoppe net au bord de la rampe.

« Hey ! s'écrie l'un des enchérisseurs du tout premier rang.

— Ne bougez plus, je vous en prie, implore le commissaire-priseur. Je vais appeler la technique pour qu'elle maîtrise cet animal qui ne me semble pas... »

Le pingouin n'a pas le temps d'achever.

Le buffle fond sur la tribune avec une rapidité fulgurante. Le costumé, épouvanté, s'écarte de côté assez vite pour éviter les cornes. La tribune explose sous la force incroyable de l'impact, et l'animal, emporté par son élan, percute de plein fouet le pilier soutenant l'ogive de la scène. Quelques mètres en avant, les rangées les plus exposées se vident dans un désordre indescriptible.

« Attention ! Attention ! » crie un enchérisseur.

Le buffle se dégage, à peine ébranlé par le choc. Sur sa gauche, coincé entre le rideau et la rampe, le pingouin trop affolé ne pense même pas à se faufiler par la fente ouverte du rideau. Il s'échine désespérément, brassant la tenture de ses mains sans parvenir à trouver une issue. Alors qu'il serait si simple de...

Le costumé s'est brusquement figé, sentant dans son dos le souffle de sa mort. Le buffle charge, projette sa tonne de muscles en avant, encorne sa proie sous les reins. L'homme décolle du sol, s'élève à deux mètres au moins au milieu de la scène puis s'écrase en un bruit de chair mat.

Quelqu'un crie encore :

« Arrêtez-le ! Mais arrêtez-le, bon dieu ! »

L'homme s'adresse probablement au service de la technique. Le buffle, lui, s'est immobilisé, tournant la gueule plusieurs fois, hésitant entre le pingouin désarticulé et les enchérisseurs agglutinés contre les parois du balcon. Le sang coule en cercle autour du cadavre, sur le parterre de la scène.

Je sursaute au même moment, me retourne. Le sas d'accès aux rangées de l'orchestre vient de claquer. Surgit en trombe l'un des deux techniciens, yeux écarquillés, brandissant un fusil à pompe. Il dévale la travée en soufflant, se plante à ma hauteur, épaule, vise. Et ne tire pas tout de suite, par peur de blesser sa cible. Au royaume du monde noir, l'animal reste intouchable.

Le buffle n'a attendu personne. Il choisit son cadavre qui baigne dans une immense flaque de sang. Le heurte violemment, le piétine, recule une première fois, revient le frapper de son museau et de ses cornes, recule de nouveau.

Le tireur transpire à n'en plus finir. Tremble de tous ses membres, cligne des yeux sans cesse. Marmonne :

« Tu vas t'arrêter de bouger, bon sang ! »

Et d'un seul coup, la détonation retentit. La

seringue hypodermique s'est plantée dans le cou qui tressaute sous la piqûre de l'aiguille. Le temps se suspend. Tous les yeux sont rivés sur le buffle qui fait volte-face, bravant notre groupe en dodelinant de la gueule.

« C'est ça, c'est ça, encourage le technicien, remue juste encore un peu ta putain de gueule. Ouais. Accélère ton rythme cardiaque, saleté de carne. »

Le buffle lui obéit, rejoint l'avant-scène en vacillant. Insensiblement, ses pattes se dérobent ; il tangue, meugle de rage, puis s'écroule enfin.

Un long silence accompagne l'endormissement du monstre. Plus loin, le corps du pingouin saigne moins. J'apostrophe alors le technicien qui éponge son front noir de sueur :

« Je l'emporte à cent quinze euros. Et j'aurais aussi besoin de quelques seringues.

— Dix euros la pièce, ça vous va ? »

Et ainsi, la comédie des hommes peut être jouée.

14

Les mineurs du deuxième palier attendront. J'ai besoin d'aller la retrouver. Je veux parler à la Mort qui me suit depuis toutes ces années.

La lumière granuleuse m'entoure. La chaleur, déjà, me vrille le cerveau. Et l'être sombre est là, en repli.

Je demande :

« C'est toi, hein ? »

Il acquiesce. Je devine son visage horrible, où seuls les yeux noirs percent la chair informe ; le corps géant se voûte pour ne pas toucher le haut du conduit. Mes forces m'abandonnent, je me soumets. L'odeur de pourriture est insoutenable.

« Pourquoi es-tu venu ?

— Je le devais » répond lentement la Mort avec la voix de ma mère.

Mon angoisse grandit peu à peu. Il va se confier. Je le sens, confusément.

« Pourquoi sur le Langkor ?

— Parce que c'était notre moment.

— Je ne comprends pas.

— Pennbaker, tu vas connaître la profondeur des tombes. Tu es prêt.

— Mais pourquoi la profondeur des tombes ?

— Parce qu'il en fallait un.

— Qu'est-ce que c'est ? »

Il ne répond pas. La folie me happe, m'aspire au plus profond d'elle. CloseLip ne donne plus aucun signe de vie. Morgane est loin, désormais.

Je m'obstine, estomac noué :

« La profondeur des tombes. Qu'est-ce que c'est ?

— Tu le sauras.

— Toute ma vie, j'ai cherché à savoir pourquoi tu avais tué Benford.

— La Mort n'a aucune raison. J'ai tué l'homme qui venait ce soir-là pêcher sur le lac. Il avait pour nom Benford, cela est tout. »

Puis, je pose la question qui me brûle les lèvres à chaque fois. Celle que je redoute par-dessus tout pour ce qu'elle signifie de torture, d'enfer recommencé.

« Tu seras là demain encore ? »

L'être sombre remue son corps, imperceptiblement. Il me semble qu'il sourit. Et les miasmes de pourriture refluent vers moi en bouffées lourdes.

« Non.

— Et je te reverrai un jour ?

— Oui, me souffle-t-il. Lorsque tu connaîtras la profondeur des tombes. »

Je tremble au froid glacial que la Mort a communiqué à tout mon être. Je ne rêve que de mourir, pour que cette maîtresse ignoble m'emporte, me dissolve au creux du néant.

Elle me murmure encore :

« Forrest Pennbaker, tout peut maintenant commencer. »

Puis, les contours de la silhouette se troublent dans la lumière, s'effacent, ressurgissent un court instant et glissent en s'évanouissant vers le fond noir des galeries.

« Pennby ? ? Bon dieu ! Mais qu'est-ce que tu fous encore là ? »

Je reconnais la voix. Humphrey, fidèle à lui-même. Je crois deviner la raison de sa venue jusqu'ici. Il n'est pas accompagné de son flaireur, j'en suis sûr. Je sentirais l'odeur fauve nous cerner.

Je me retourne, corps en nage. Je n'en peux plus.

« Il y a longtemps que tu ne m'avais pas fait l'honneur de ta connerie. Un jour, toute une éternité, en fait. »

Il fronce les sourcils, effrayé.

« Quelque chose ne va pas ?

— Non. Tout va bien. Tout va même pour le mieux. C'est simplement toi qui m'emmerdes. Comme d'habitude. Cette sale habitude. »

Humphrey recule d'un pas. Fébrile, il réussit à bredouiller :

« Les mineurs du 2 attendent tes ordres. Plus ils tarderont...

— ... moins ils gagneront. Je sais tout ça. Dis-moi, tu as reçu ton flaireur ?

— Oui. Oui, Pennby.

— Et tu en es content ?

— Oh ! oui. Je n'avais encore jamais eu de buffle. C'est mon premier.

— Parfait. Rappelle-moi de t'apporter les seringues. Je les ai oubliées dans la salle des enchères. J'y passerai ce soir, en sortant de CorneyGround. »

Humphrey secoue la tête.

« Ça ne me servira à rien, ces trucs-là.

— Peut-être. Ou peut-être pas. »

Je m'élance, passe à sa hauteur sans lui adresser un regard, me dirige vers l'entrée de la galerie de prospection. Humphrey m'emboîte le pas, silencieux.

CorneyGround demeure mon sauf-conduit. Qu'importe la profondeur des tombes, je veux retrouver ma fille, et je sais comment y parvenir. Mon plan doucement prend forme.

Le souffle des ventilateurs se rapproche. La veille bleue au-dessus de l'élévateur va se matérialiser au détour du dernier coude. Je n'ai pas pu oublier les seringues puisque je ne les ai pas prises ; je n'en ai acheté qu'une pour seulement calmer le buffle pendant son transport jusqu'à CorneyGround.

15

Ils sont suspendus à mes lèvres. Tous n'attendent qu'un ordre de moi pour entamer la percée de la veine 2g. J'aperçois Donovan vêtu de son débardeur, le même qu'il arborait le jour de son entretien d'embauche ; et plus loin dans la file ininterrompue, Marnie le chauve offrant ses yeux d'ahuri, bouche ouverte ; bien avant lui, Tombstone, sourire en coin ; et puis Jones, Grandin, Deveaux et les autres, traits tirés ; tous prêts à forer pour la gloire éphémère de CorneyGround, à étançonner, acheminer le coke brun vers les conduits de desserte. À suer des heures durant pour une rétribution de misère.

« Grandin, tu m'as l'air mal en point.

— Non, non, m'assure le mineur en secouant la tête vigoureusement. Ça va aller, porion. »

Je le dévisage plus attentivement. Grandin n'est pas en état de forer. Il paraît tout juste bon à traîner les wagonnets.

« Désolé, mais tu t'occuperas de la desserte avec Pumby et Diafoirus. Donovan, tu diriges la percée. Marnie, tu es au renfort. Tombstone, tu synchronises la levée du charbon avec le dégagement. Des questions ? »

Aucun ne se manifeste. Grandin grogne pour la pure forme ; mes directives sont indiscutables.

Je m'enquiers, à tout hasard :

« Quelqu'un a vu Humphrey depuis ce matin ?

— Tout à l'heure, porion. On a même entrevu son flaireur.

— Ouais, et on a pas aimé. »

C'est Donovan, encore.

« En clair ? lui dis-je.

— Trop gros. On n'avait encore jamais vu une bête pareille. Ça flaire quoi, un buffle ?

— Le charbon, peut-être, fais-je sans conviction.

— C'te bonne blague !

— Garde tes impressions pour toi, Donovan. Parce que tout le monde s'en contrefout.

— Y a tout de même une question dont personne ne se fout : est-ce qu'Humphrey a l'intention de se promener avec ce monstre dans les veines d'exploitation ?

— Jusqu'à présent, cela vous faisait plutôt sourire, non ?

— Peut-être, mais jusqu'à présent, porion, ces engeances dépassaient rarement le mètre cinquante au garrot. »

Une rumeur soudaine court dans la rangée des mineurs.

« Ouais, ouais, s'empresse de corriger Donovan, excepté l'hippo. Mais ce tas de graisse faisait tellement de peine à voir... »

Des rires éclatent aussitôt. Même Marnie semble avoir compris. Il glousse, cogne l'épaule de son voisin.

Je lance à Donovan :

« Humphrey a pris l'élévateur avec moi et s'est arrêté au niveau cinq. C'est tout ce que je sais.

— Bon dieu ! s'écrie Tombstone, en s'adressant à la rangée tout entière. C'est pas là qu'il l'avait laissé, son foutu buffle ? »

Personne n'intervient, parce que tout le monde doute, à présent. Donovan sort du rang, me fixe gravement, et me dit :

« Soyez vigilant, Pennbaker. On a envie de creuser tranquille, nous. Au niveau cinq, en ce moment, y a pas un chat cloné. Et c'est pas fait pour nous rassurer.

— Il n'y a rien à craindre. Commencez le boulot. »

Au même instant, la voix de Diafoirus s'élève, craintive.

« Hey ! vous entendez ? »

Le silence tombe d'un seul coup. Tous les hommes prêtent l'oreille.

« Ça gronde » dit Diafoirus, mal à l'aise.

Par-delà la lumière verte du fanal, l'obscurité du boyau s'étend à l'infini. Tous les yeux sont tournés vers ce noir poisseux, derrière moi. À l'opposé, c'est l'extrémité de la veine 2g ; l'impasse. Sur ma gauche, les wagonnets s'égrènent en une théorie docile, sur leurs rails. À droite, les gueules noires se plaquent contre la paroi de la galerie. Et le grondement s'amplifie toujours.

« Ça... ça ressemble au galop d'une vingtaine de chevaux en furie, ânonne Pumby.

— Putain ! Mais qu'est-ce que c'est que ça ? » dit un autre.

Je me retourne enfin. Sous mes pieds, le sol commence à trembler. De la bouche sombre du boyau s'élèvent des paquets de fumée noire — qui se rapprochent.

« C'est pas des chevaux, s'entête Diafoirus. C'est pas des chevaux. »

Je me dis que c'est la Mort, l'être sombre qui court dans la galerie et nous rejoint pour nous tuer tous. Je vois aussi une forme indistincte bouger de bas en haut, en cadence parfaite avec le martèlement assourdissant. Encore quelques secondes. Puis, brusquement, la gueule émerge des nuages de poussière, nimbée du vert baveux du fanal.

« Nom de dieu ! »

Je ne sais pas qui a dit ça. Le buffle fonce, bouche écumeuse. Dans son sillage, aux confins mourants de la lueur, un pantin dérisoire s'agite. L'image d'un spectre ridicule, bras levés. Humphrey. Il nous hurle quelque chose. Des bribes de mots franchissent le néant, s'accrochent au vacarme infernal du galop.

« Atten... le buf... ssez-v... écart... »

Il y a les wagonnets, mais je ne suis pas le seul à avoir cette idée. Les plus opportunistes de la rangée se sont déjà massés dans l'espace ménagé entre chaque benne. Inutile de grimper dedans. Elles ne sont pas assez profondes.

Trente mètres. Vingt-cinq.

Je me rue sur le tas d'hommes le plus proche, m'érafle le flanc avec le bord anguleux d'un wagonnet, gémis de douleur. Le reste des mineurs, prostrés de l'autre côté, incapables de réagir aussi vite, se sépare en deux groupes. L'un court vers le cul-de-sac, l'autre vers le noir. Il y a des cris, énormes, insupportables. C'est l'Enfer. Où qu'ils aillent, ils sont déjà tous morts.

Le buffle infléchit sa course du côté droit lorsqu'il se rend compte que la vingtaine d'hommes fuyant dans la direction opposée à la sienne risque de lui échapper. Un mouvement infime de la gueule ; la corne droite frôle la paroi ; l'animal est à pleine vitesse. Et fauche l'une après l'autre ses victimes broyées, lacérées par la pointe. Ils tombent comme des mouches ; Diafoirus est de ceux-là. Le sang gicle, éclabousse le charbon noir de la paroi. J'entends derrière moi quelqu'un qui psalmodie, terrifié :

« Il va tous nous tuer. »

Les hommes s'écroulent, figurent des quilles misérables bringuebalées par la puissance terrible de cet animal devenu complètement fou. Des cris encore. Au fond. Le deuxième groupe comprend sûrement trop tard qu'il a commis la même erreur. Ils sont une dizaine acculés là. Le buffle les a vus, et charge avec une rage aveugle, balayant le mur du cul-de-sac de la droite vers la gauche, méthodiquement, pour n'en épargner aucun. Ils tombent à leur tour, ventres arrachés, bras et jambes ensanglantés.

Là-bas, en bordure de la lueur, le fantôme d'Humphrey se tient toujours debout, tétanisé. Il ne nous sera d'aucune utilité.

Le buffle se calme un instant, évalue les survivants ramassés en boules de chair compactes entre les bennes. Une idée me vient aussitôt à l'esprit. Donovan fait partie du groupe le plus proche du cul-de-sac ; j'ai rejoint quant à moi le wagonnet qui en est le plus éloigné.

Je crie :

« Par ici ! Tu m'entends, saloperie ? »

L'animal pose ses yeux noirs sur moi.

« Oui ! C'est ça ! Approche !

— Pennbaker... vous êtes dingue ! »

C'est la voix de Tombstone. Tombstone comprimé contre la paroi par tous les autres qui poussent, poussent.

« Vous êtes dingue ! Il allait s'occuper du groupe de Donovan !

— Ferme ta gueule ! »

Le buffle pousse un cri rauque et fond de toute sa masse sur le wagonnet.

« Il va tous nous massacrer ! Il va tous nous massacrer ! »

Je suis le plus exposé avec Linus. Nous formons tous les deux la première couche de chair. Malheureusement pour Linus, c'est lui qui se trouve à ma droite, l'animal venant de la gauche.

La corne percute le foie du mineur qui perd tout de suite son sang. La coulée noire et brillante. La lumière du sombre. Les yeux de ma mère. Le cauchemar sournois qui nous envahit.

En arrière, l'un des hommes, protégé par le corps de Linus, tente de le retenir debout pour profiter de ce rempart un peu de temps encore.

Mais Linus est probablement mort. Il ne bouge plus. Son abdomen, arraché, se vide de tous ses fluides ; les entrailles dégorgent. Je me tourne vers le wagonnet de Donovan, avant que le buffle ne s'apprête à charger cette fois de la gauche vers la droite. Pour m'éperonner à mon tour.

« Le pic, Donovan ! Le pic ! Trois cents euros pour toi si tu arrives à le massacrer ! »

Donovan s'extrait de son groupe, court vers le cul-de-sac, s'empare du pic à air comprimé.

Le buffle s'est retourné. Sa gueule va de Donovan à moi. Il n'a pas choisi. Pas encore.

« Et maintenant, me crie Donovan, je fais comment, porion sans couilles ? Tu n'en as aucune idée, parce que comme tous les autres, tu crèves de peur. »

La peur. Encore et toujours.

« Cinq cents euros, Donovan !

— Ouais, ma beauté. Maintenant, regarde bien. Hey ! le cornu ! »

La bête, décidée, repart au galop. Le sol tremble de nouveau ; la fureur embrase CorneyGround.

« Vous... vous avez vu ? » balbutie le mineur qui tient toujours le cadavre exsangue de Linus dans ses bras.

Nous voyons tous. Donovan qui s'allonge à terre, pic dressé en angle ouvert, doigt posé sur la gâchette. Le buffle qui avance, gueule baissée. Cinq mètres à peine. Les bras musclés tendus dans le vide. Le pic qui s'enclenche, coulissant à l'intérieur de sa gaine à une vitesse folle. Le moment d'hésitation de l'animal, parce qu'il sent que quelque chose se prépare. La première salve portée au cou du buffle avant que celui-ci ne donne son coup de corne ; Donovan, toujours immobile, avec le monstre passant au-dessus de lui dans l'élan restant de la course ; la lame déchirant en une saillie rouge le dessous du ventre sur toute sa longueur ; le hurlement de douleur épouvantable.

Le buffle, secoué de spasmes, vacille, râle à la mort qui le prend, titube une dernière fois, puis s'effondre à deux mètres du cul-de-sac. Dans le même temps, Donovan se relève, pic toujours en main, rejoint la bête. Au pied du cadavre, le visage couvert de poussière, il crie :

« Hey ! les gueules noires ! Quel était le foutu métier de Donovan, avant cet Enfer ? »

Et tous les survivants hurlent à pleins poumons :

« Équarrisseur ! »

Une clameur immense noie alors le conduit, le soumet à cette force de vie incompressible, persuadée d'avoir vaincu la mort une fois encore.

J'aperçois Humphrey, sorti de sa torpeur, qui progresse à pas comptés vers nous. Donovan, acclamé, entame la découpe des viscères de sa grosse mouche avec le pic grossier et bruyant. Ses gestes sont d'une précision inouïe.

Et cela n'étonne personne.

16

La veille bleue me couve. Tout mon être se projette sur elle pour ne plus entendre les lamentations d'Humphrey. Je suis la lumière froide, intangible, de l'élévateur. Le souffle des pales nous gifle à mi-palier. Le premier sous-niveau est en vue. Je ne désire qu'une chose : que cet abruti d'escorteur cesse de me crier dans les oreilles.

« Tu comprends, Penn ? »

Non, je ne comprends pas. Il me fatigue, me donne la nausée. Une trentaine d'hommes ont trouvé la mort, et je l'ai voulu. La profondeur des tombes, c'est peut-être cela. Mettre en scène la Faucheuse et imprégner chaque future victime de son dernier rôle. Le buffle n'était que l'instrument. Je savais qu'il tuerait efficacement, qu'il ne rechignerait pas à la tâche.

Je me sens prêt à faire sombrer le monde entier pour parvenir à mes fins.

« Tu comprends ? me demande encore l'homme au béret.

— Ferme-la. Une bonne fois pour toutes. J'en ai assez de supporter tes plaintes de trouillard. »

Humphrey écarquille ses yeux.

« C'est moi que tu traites de trouillard, Pennbaker ?

— Qui d'autre ? Je croyais que tu t'arrêtais au premier palier de sueur. »

Il ne m'écoute plus.

« Deux heures ! tu te rends compte ? Il m'a claqué dans les doigts au bout de deux heures !

— Ce buffle était dingue. Personne n'y est pour rien. Et arrête de te lamenter, bon sang ! Ça ne le fera pas revenir. »

Humphrey rentre en lui-même, visage baissé sur le plancher grillagé de l'élévateur.

« Tu sais, quand je suis venu te chercher au quatorzième, j'étais confiant. J'avais parqué mon nouveau flaireur dans un recoin. Il semblait calme, presque attentionné. Il répondait même à mes petites caresses. Toi et moi, on est remonté ensemble, tu m'as laissé au cinquième : il n'avait pas bougé. Je lui ai mis sa laisse et j'étais heureux.

— C'était un buffle, Humphrey.

— Et alors ? Il était gentil, Pennby, je le jure. Il s'est même laissé guider jusqu'à l'élévateur sans faire le moindre problème. J'ai pensé : les gueules noires du deuxième ne l'ont pas bien vu la première fois. Et puis, je voulais te remercier pour ce que tu avais fait. C'est quand on a quitté la cage d'acier que ç'a commencé à se gâter. Il respirait fort, il devenait de plus en plus nerveux. »

Il se réveillait, pauvre Humphrey.

« Et plus on s'approchait, plus il commençait à s'agiter. À cinq cents mètres de la percée, peut-être, je n'ai pas pu le contenir. La laisse a rompu, et il s'est mis à foncer droit devant lui. Alors, j'ai essayé de vous prévenir. J'ai vraiment essayé. »

Le sas d'étanchéité se met en place autour de l'élévateur. Et de nouveau, c'est le calme infini dans la remontée vers la surface. Le Dodge et son silence nous assiègent de tous côtés. Je dérive, flotte au creux de la matrice ; mes muscles se relâchent.

« Tais-toi, maintenant. Tu pourras reprendre ton monceau de conneries quand on aura émergé. Si tu le fais avant, je te tue. »

Puis j'ajoute, au seuil de ce sommeil éveillé qui m'entraîne :

« Je le ferai, s'il le faut. »

Humphrey recule, terrifié, et se blottit dans l'angle opposé de la cage.

Alors, enfin libéré, je peux retourner à l'état premier ; je ressemble à un gros embryon qui ne veut pas être éjecté du ventre chaud et doux. La voix de ma mère, bientôt, berce mes souffrances. Rose-Anne, dont je n'ai jamais vraiment connu les caresses dans mes cheveux d'enfant.

Forrest ? Tout va bien, n'est-ce pas ?

J'ai un peu mal, parfois.

Mon doux bébé.

Oh ! tu sais, c'est juste un peu de fatigue. Maintenant que CloseLip est perdue pour toujours, je voudrais te serrer dans mes bras, seulement te serrer tout contre moi. Alors dis, maman, quand reviendras-tu de la Mort ?

Depuis que tu es né, elle ne m'a pas réellement quittée. Mais, tu sais, je n'ai pas eu le temps de la connaître, moi.

Qui ?

La petite Debbie que tu aimais tant.

Je ne sais plus. J'ai préféré l'oublier.

Tu mens.

Peut-être. La semaine suivant l'ondoiement, je l'ai retrouvée. Elle m'attendait sur les pentes du mont chauve. Au loin, les nuées noires s'amoncelaient toujours.

Debbie campait fière et droite, les mains sur les hanches, ses lèvres ornées d'un sourire curieux. Elle était vêtue d'un pantalon de toile et d'un chandail mauve. Et malgré ces habits frustes, elle irradiait d'une beauté grave, tout en retenue.

J'en étais amoureux. Comme on peut l'être à quinze ans.

« Tu voulais me voir, Debbie ?

— Oui. Je l'ai souhaité une dernière fois. »

J'ai feint de ne pas comprendre. Elle m'a confié encore :

« Je m'en vais, Forrest. C'est pour cela que je voulais passer un dernier soir en ta compagnie, sur le mont chauve.

— Et tu t'en vas où ?

— Loin d'ici. Mes parents ont trouvé du travail dans un complexe scientifique.

— Lequel ? »

Je posais des questions stupides, et je sentais que Debbie m'en voulait d'être aussi lâche.

« Oh ! tu ne connais pas. C'est à l'ouest de Meent. Deux places de laborantins dans un centre de recherches. »

J'ai hoché la tête, puis ai proféré une banalité de plus.

« Ils seront certainement mieux payés qu'à écailler du poisson, hein ?

— Sûrement. »

Puis elle a répété d'une voix grêle, une larme au coin de l'œil :

« Sûrement, Forrest. Puisque c'est tout ce que tu trouves à me dire. »

Ses doigts ont couru sur sa joue pour effacer le petit sillon mouillé. Elle m'a défié alors de ses yeux bleus en me disant :

« C'est moi qui atteindrai le sommet la première. »

Elle s'est élancée, j'ai couru, couru, à perdre haleine ; elle riait. Puis, je l'ai rattrapée.

Son corps était doux et patient, se tendait sous mes hanches maladroites. Mes mains ne la touchaient pas, j'avais trop peur qu'elles ne puissent plus un jour se défaire de la chaleur enivrante de sa peau, du souvenir qu'elle me léguerait. Pourtant, j'ai vraiment cru l'univers à nos pieds et soudain minuscule, lorsque nous nous sommes unis, elle et moi baignés du noir de la nuit.

Je ne devais plus jamais la revoir.

Le voyage est achevé. Les battants se libèrent en un claquement sinistre. Le ciel morne de la

Capitale étend son horizon bouché. Le froid me saisit implacable. J'entends, dans mon brouillard, Humphrey qui me confie, geignard :

« Je t'en prie, Pennbaker, dis-lui. »

Je sors de la cage d'acier, arpente le ponton métallique.

« Tu lui dis, Pennby ! » me lance une nouvelle fois Humphrey, tête en biais émergeant de l'élévateur.

Tout ce que tu voudras, pauvre fou. Tout ce que tu voudras, à partir du moment où tu me laisses en paix.

Lorkraft me fait signe d'entrer. Il affiche sa gueule de hibou des très mauvais jours. Et j'ai une vague idée de ce qui le taraude.

« Les enchères Sud proposaient cinq lots, Pennbaker.

— Et alors ? »

Il me dévisage, surpris.

« Sur un autre ton, je vous prie, grince-t-il, dents serrées. Vous auriez voulu décimer tout le personnel du deuxième niveau que vous ne vous y seriez pas pris autrement. C'est l'âne que je voulais. L'âne !

— Il ne tenait pas sur ses pattes. Les techniciens ont essayé de le faire avancer pendant trois minutes au moins, sans résultat.

— Ce n'est pas ce que l'on m'a dit. Dès que j'ai appris le massacre, je me suis renseigné. Vous mentez, Pennbaker.

— Le résultat aurait été de toute façon le même.

— Vous déraisonnez complètement ! J'ai perdu trente mineurs !

— Vingt-huit. Seulement vingt-huit. Grâce à Donovan. J'espère que vous lui verserez les cinq cents euros que je lui ai promis. Rien que vingt-huit. »

Il me regarde, ahuri.

« Mais qu'est-ce qui vous arrive ?

— Je pense comme vous. J'en ai assez, moi aussi, de voir Humphrey se démener avec des animaux qui n'ont rien à faire dans une mine.

— Vous avez récupéré un buffle de l'élevage le plus mal coté de toute la Capitale, et vous le saviez pertinemment.

— J'ai renchéri sur ce que j'ai pu, Lorkraft.

— Taisez-vous ! Vous avez récupéré ce bovidé d'un centre réputé pour fournir des spécimens qu'on dirait tout droit sortis d'un bestiaire psychiatrique. Mais nom de dieu ! qu'est-ce qui vous a pris ?

— Vous m'aviez parlé d'un animal que vous iriez prélever à la source !

— Oubliez ce que j'ai pu vous dire, ça ne vous regarde pas !

— Et pourquoi ? Ces foutus Consensuels, avec les animaux complètement inadaptés qu'ils nous imposent, mènent CorneyGround à sa perte. Et maintenant que la preuve en est faite, agissez, bon sang !

— Ce n'est pas aussi simple.

— Hein ?

— Personne ne voudra croire que la direction de CorneyGround a choisi un buffle pour détecter de nouveaux filons. Et surtout pas les membres de l'Écologie Consensuelle !

— C'est vrai qu'un crocodile est plus approprié.

— Ce genre d'animal est moins dangereux, statistiquement.

— Désolé, Lorkraft, mais c'est vous qui ne savez plus ce que vous dites.

— Je ne vous permets pas ! Je ne vous le permettrai jamais, vous m'entendez ? »

Il va s'asseoir derrière son bureau, frappe brutalement de son poing le plateau.

« J'avais juste besoin d'un peu de temps ! Il me fallait une bête qui aurait mis au minimum deux bonnes semaines à agoniser. Comme toutes celles qui l'avaient précédée. L'âne était de ce point de vue l'animal parfait.

— Alors pourquoi vous ne m'en avez rien dit ? »

Je lis soudain la peur sur son visage.

« Bon dieu ! Pennbaker, je ne vous croyais pas assez fou pour confirmer l'enchère d'un animal qui venait de mettre en pièces un commissaire-priseur aussi tranquillement que vous vous enfilez un verre de votre eau de pauvre. Je vous ai dit que je m'étais renseigné.

— Aucune importance, je me fous de votre mépris.

Moi, je suis prêt à aller chercher votre animal.

— Vous ? En U-Zone ? À la recherche d'un flaireur ? »

Le hibou vient à moi doucement.

« Vous n'y pensez pas, Pennbaker ? Votre

lâcheté est aussi connue que le manteau qu'on ne vous a pas encore volé. Vous êtes sérieux ? »

Je prends place à mon tour dans le fauteuil des humiliations, en fixant Lorkraft droit dans les yeux.

« Vous n'avez plus le temps de vous retourner, parce que vous n'avez personne à qui confier le sale boulot. »

Lorkraft se penche sur son bureau, mains croisées.

« Et en admettant que ce soit le cas, pourquoi est-ce vous que je choisirais ?

— L'urgence.

— Vous n'êtes pas de taille. J'ai d'ailleurs une meilleure proposition à vous faire : courez les enchères Ouest dès demain matin, ramenez-moi un animal gérable, et faites-vous oublier quelques semaines.

— C'est encore trop de temps, Lorkraft. Cela fait des mois que CorneyGround ne détecte plus le moindre filon.

— Alors, vous allez certainement me dire comment vous comptez remplacer au pied levé trente mineurs complètement défoncés par une bête qui n'aurait jamais dû venir fourrer son nez au fin fond de mes galeries.

— Vingt-huit. Je peux vous fournir au moins un nom.

— Je parle de mineurs expérimentés, Pennbaker, pas de ces plaisantins à la petite semaine qui ne cherchent qu'à se réchauffer sept cents mètres sous terre.

— Il est de la première sorte.

— Son nom ?

— Whitmore. »

Lorkraft fouille dans ses souvenirs, yeux vagues.

« Jamais entendu parler.

— Il n'est en Capitale que depuis peu. Mais il m'a l'air sérieux.

— Je ne me contente pas d'impressions.

— Il vient me relancer un soir sur deux, sur le pas de ma porte, pour nous proposer ses services.

— Et cela fait de lui un bon mineur ?

— Il a officié deux ans en tant que porion des mines d'Old York. »

Le hibou se détend, insensiblement.

« La grande et réputée Old York, avez-vous dit ? »

Son visage s'illumine. Je le hais. Je voudrais assister à sa lente agonie dans une antichambre nue de l'Enfer. Je me pencherais au-dessus de lui pour maculer sa face d'ordure d'une boule de salive pleine de cire glaireuse, puis je l'exhorterais à crever lentement, indéfiniment, pour découvrir sur ses traits de futur cadavre l'expérience qu'il ferait de sa propre mort, et sa frayeur au seuil du grand saut. Le temps est de mon côté.

« Alors ? fais-je.

— Je n'ai jamais rien eu à vous reprocher en tant que porion, Pennbaker. Jusqu'à aujourd'hui. Mais le fait que vous vous proposiez pour cette mission m'arrange, c'est évident — il n'est pas vraiment facile de trouver *tout de suite* un homme de main prêt à s'aventurer en U-Zone, même chômeur. Les quelques inconscients qui osent s'y risquer demandent un prix exorbitant. Vous seriez prêt à partir quand ?

— Au jour et à l'heure que vous souhaiterez. »

Il réfléchit quelques instants, m'évalue du regard, puis se résigne en soupirant.

« Vous disposerez d'une carbie, de deux mille euros pour les faux frais, et de rien d'autre. C'est à prendre ou à laisser. Pour ce prix-là, je peux prendre le risque. En ce qui concerne la voiture, adressez-vous à mon chauffeur. Il habite en bordure de la zone franche. Treize rue des marronniers. Vous trouverez facilement. »

Puis, comme s'il regrettait déjà son choix, il ajoute, d'une voix morne :

« Bartolbi, vous connaissez ? »

17

Les rues sombres m'accompagnent, se succédant en des lignes tristes où les enfants jouent encore. Je m'éloigne toujours plus de mon quartier, coupant à travers les blocs d'immeubles enfumés qui jalonnent ma route. La nuit claire tend ainsi vers sa fin ; les braseros seront ressortis dans quelques heures.

Je vois des adolescents essoufflés, fatigués de partager les trottoirs avec leurs petits frères et sœurs ; ils courent moins vite, déjà. La brume noire les contraint à l'immobilité. Ils traînent, hagards, commencent à tousser comme les adultes, adaptant leurs foulées au rythme indolent d'une moindre souffrance. Ils comprennent peu à peu.

Je ne connais pas Bartolbi. Je ne sais même pas ce que cela peut être : un homme, une femme, un endroit particulier ou l'une des agglomérations innombrables de l'U-Zone. Old York, si.

Après mes deux dernières années à Taney, c'est là-bas que j'ai atterri à dix-sept ans. Kean George m'assurait de son aide, dans cette grande métropole dont j'avais souvent vu les images diffusées par les reportages du réseau local. Et puis, j'avais perdu mon père.

Il parlait de moins en moins, s'abîmait dans ses souvenirs, pour plonger de longues heures au fond d'un univers dont il visitait tous les recoins aux côtés de Rose-Anne. Un sourire, parfois, passait sur ses lèvres, lorsqu'il rêvait tout éveillé de ma mère. La réalité l'avait quitté, et Julius, sans lutter, glissait progressivement vers la folie douce.

Je repensais à toutes ces années où je le quittais le soir venu, où je l'abandonnais par faiblesse à sa souffrance. Du haut de mon enfance, tous ces monologues d'alcoolique ne signifiaient rien. Les mêmes plaintes revenaient après qu'il avait atteint sa mesure de confidence. Et je lui en voulais de ne pas savoir s'arrêter à ces seuls trois verres. La bouteille de mauvais vin ou de bière de coupe se vidait très vite. Les journaux satellitaires étaient de plus en plus cernés par les jeux débilitants que programmaient en continu les sociétés de production européennes. Julius continuait pourtant à pérorer d'une diction pâteuse sur la connerie humaine et l'imagination débordante, proprement intarissable, dont elle faisait preuve.

La DB était cancérigène ; le rapport qu'avait dressé une armée d'experts semi-indépendants mandatés par les concurrents du créateur du médicament ne permettait plus le moindre doute. Malgré tout, le consortium pharmaceutique, encensé puis éreinté par toute la presse, initiateur de cette pilule généreusement distribuée à ceux qui le méritaient, avait tenu à rassurer ses riches clients : le risque de dégénérescence des cellules variait très fortement d'un individu à l'autre. Mais personne n'y croyait, surtout pas les nantis hospitalisés en phase terminale au terme d'une posologie sévère de vingt comprimés par jour. Une telle médication ne se justifiait pas, sinon pour des raisons de profit ignoble et méprisable, et Julius le hurlait au cravaté qui enchaînait sur les conséquences économiques de ce désastre de santé publique à l'ampleur planétaire. Les pauvres pourraient donc s'offrir la DB à un prix défiant toute concurrence, la faveur consentie par le groupe pharmaceutique dégageant ce dernier de toute responsabilité quant aux effets secondaires éventuellement provoqués.

Au Proche-Orient, le peuple A, après plusieurs années de guerre déguisée, était enfin parvenu à un accord de paix avec le peuple B. Aussitôt dénoncé par le peuple C qui n'avait rien à faire dans cette histoire, mais insistait haut et fort pour qu'on le sache. Le peuple A reniait à son tour les principes du traité deux semaines après sa signature, accusant le peuple B d'une inertie de complaisance vis-à-vis du peuple C. Le peuple B s'empressait quant à lui, le jour suivant, de rejeter en bloc toute initiative concourant à un règlement pacifique du conflit. Le cravaté concluait le sujet en affirmant que l'on pouvait qualifier cette région de véritable poudrière. Sans trop risquer de s'avancer.

L'exploitation du charbon, enfin, s'amplifiait et s'imposait partout. Au cœur des plus grandes métropoles, ou ailleurs, ce qui revenait au même, d'une certaine manière. Dans un bel ensemble, les écologistes occidentaux, encouragés par des populations farouchement opposées à ce choix énergétique, élevaient la voix non pas pour renverser une tendance qu'ils jugeaient irrémédiable, mais simplement pour subordonner l'exploitation des richesses carbonifères à une seule exigence : obliger les sociétés d'extraction à utiliser des animaux pour la prospection de nouveaux filons, dans l'unique but d'enrayer l'extinction inexorable des espèces les plus menacées. Le mot *flaireur* était né. Une telle revendication obligeait à la création de centres d'élevage de toutes sortes et à l'instauration des clonages légaux pour répondre aux demandes toujours croissantes des consortiums. Et les écologistes étaient désormais en droit de se rebaptiser Consensuels. Mon père, furieux, pestait contre ces fantoches et les soupçonnait d'un arrangement répugnant avec les grands groupes miniers.

Je m'en moquais. La perspective d'un voyage jusqu'à Old York, de l'autre côté de l'océan, occupait toutes mes pensées. Les services de recherche de la Stolen, grâce à Kean George, m'affecteraient à un emploi d'aide-laborantin en attendant peut-être mieux. Et les derniers mots de Debbie, la veille de son départ, me hantaient toujours. Si ses parents balayaient les laboratoires de Meent, sans doute en compagnie de leur fille, j'irais nettoyer les cornues et les éprouvettes du centre le plus réputé d'Old York. Par pure provocation. Et pour me rapprocher d'elle.

Les journées ne me suffisaient plus pour étudier.

Je restais devant l'écran du réseau local jusque tard dans la nuit. Les leçons défilaient sur le terminal, je lisais, m'abreuvais. Au début, Julius grognait, déclarant qu'il ne m'était pas vraiment utile d'ingurgiter autant de connaissances pour *astiquer les tables laquées de ces peigne-culs*, et qu'ils ne me proposeraient de toute façon rien d'autre, aujourd'hui, demain ou après-demain.

Au bout de quelques mois, il s'était lassé d'essayer de me convaincre. J'entendais ses pas de pantin désœuvré parcourir la cuisine de long en large. Un court moment, le martèlement cessait ; mon père regardait à travers la fenêtre le brouillard noir qui caressait le sommet des deux collines, à présent. Le monde du charbon serait bientôt sur nous. À jamais.

Puis, il y a eu ce soir de janvier.

J'avais délaissé mon terminal, par dégoût d'un travail trop intense, quand je me suis aperçu que la maison vibrait d'un silence étrange.

« Papa ? »

Il ne m'a pas répondu. Alors, je me suis dirigé dans la cuisine, là où je pensais le trouver. Il n'y était pas.

Si j'avais pu choisir, jamais je n'aurais fait les quelques pas qui me séparaient du salon où je l'ai découvert mort.

Assis au creux de son vieux fauteuil, la jambe droite tendue et raide, l'autre repliée, le buste rejeté en arrière, la tête dans le prolongement, bouche ouverte, yeux écarquillés, mon père tendait une main vers la table basse. Je n'ai pas compris tout de suite. J'ai seulement eu froid à en mourir ; et puis j'ai pleuré, hurlé de douleur jusqu'au matin.

Sur la petite table reposait l'une des photographies en noir et blanc de ma mère. Du fond trouble de sa mort, Julius tentait de la rejoindre. Une mince cloison séparait le salon de ma propre chambre ; mon père s'était éteint sans un bruit, sans se plaindre. Je me persuadais pourtant qu'il avait dû m'appeler à l'aide, à un moment ou un autre, et que je n'avais pas réagi, interprétant ses râles d'agonisant comme l'énième manifestation de sa haine des hommes et de leur incommensurable bêtise. Jamais je n'ai su. Ma faculté de pressentir certains événements m'avait abandonné au plus mauvais des moments. Julius mourait à trente centimètres de moi, isolé d'un simple mur. Seule ma mère avait assisté à ses derniers instants, de son visage muet et souriant emprisonné dans le cadre.

J'allais en souffrir.

Trop longtemps.

J'emprunte la rue des marronniers, compte à voix haute la série de chiffres. Chaque numéro est éclairé d'une veille rosâtre, petit confort probablement dû à la proximité de la zone franche, celle des nantis, et de Lorkraft en particulier. J'arrive enfin au treize. La voix métallique retentit.

« Qui est là ? »

Je n'ai pas frappé, j'en suis sûr, ni même apposé mon pouce sur le témoin de visite.

« Forrest Pennbaker » dis-je, en scrutant les plinthes de la porte d'entrée, dans la pénombre voilée de rose.

Aucun dispositif de surveillance n'est visible, pas même un relais phonique.

« Je vous attendais. Entrez. »

La serrure assistée claque, le battant s'entrouvre.

Je le pousse et m'engouffre dans l'immeuble. Le froid me paraît moins aigu qu'au-dehors. Je ne distingue pas tout de suite la lueur que laisse échapper une autre porte entrebâillée, juste en face de moi, à deux mètres en retrait de l'ascenseur.

La même voix, qui provient de là, dit encore :

« Venez. »

Je rejoins l'ouverture, pénètre dans l'appartement à pas prudents. Le temps de m'habituer à la clarté rouge de ce qui semble être un couloir, on m'intime :

« Ne bougez plus. »

L'homme se dresse au milieu du passage, barrant l'accès à une sorte de salon convenablement meublé. Il est armé d'un Royster.

« Fermez la porte. Doucement. »

Je m'exécute, repoussant le battant de mon dos. Le moustachu aux cheveux gominés me détaille calmement. Il est affublé d'une robe de chambre frigorifuge, un vêtement qui vaut probablement une fortune, d'un pantalon de coton propre et d'une paire de chaussures légères. Je ne parviens pas à détourner mes yeux de son arme.

Il s'enquiert en ricanant :

« Vous êtes venu seul ?

— Votre question est stupide.

— C'est juste que vous ne correspondez pas au signalement que m'a communiqué Langkor sur le réseau local. Il m'avait parlé d'un lâche patenté. Un lâche, ça peut ressembler à n'importe quoi.

— Et donc à moi, bien sûr.

— Pas forcément. Je dirais que vous donnez plutôt dans le fadasse. »

Il se tait un instant, étudie plus attentivement mon visage.

« Oui, c'est ça. Une gueule d'urbain pas franchement malhonnête, mais pas franchement exemplaire non plus. Un souterrain bon teint, en quelque sorte.

— À n'en pas douter. Ceci dit, je n'aime pas trop qu'on me vise avec ce genre de revolver.

— *Le* revolver, Pennbaker, le meilleur. On n'a pas fait mieux depuis des décennies.

— Ça vous donne le droit de le braquer sur moi ?

— On n'est jamais trop prudent.

— C'est pourtant Lorkraft en personne qui m'envoie jusqu'ici.

— Je le sais. Vous connaissez l'U-Zone, Pennbaker ?

— Eh bien... »

Il me coupe brusquement.

« Le couplet sur les lueurs orangées, je le connais par cœur. L'U-Zone, la vraie, est-ce que vous savez à quoi elle ressemble ? Non ? Dans ce cas, vous auriez dû refuser tout net ce petit voyage. Parce que vous n'avez aucune idée de ce qui vous attend.

— Et qu'est-ce qui m'attend ?

— Désolé, il fallait poser la question au moment voulu et à qui de droit. Moi, je me contente de vous fournir la carbie et la liasse de billets.

— À ce propos, je n'ai pas lu le nom inscrit sur votre porte.

— Marmaduke. John Marmaduke. Vous avez envie de rire ? »

Son index se plie davantage sur la gâchette.

« Non, pas vraiment, lui dis-je.

— Bien. Bien. Tout de même, c'est curieux, ajoute-t-il en haussant les épaules. Lorsque Lorkraft m'a demandé d'aller vous remettre ce pli en mains propres, personne ne m'a ouvert. Un porion n'est pourtant pas le genre de type à se mêler aux groupes des braseros. »

Je me raidis, tout à coup. Je croyais naïvement que Lorkraft disposait d'une flottille de sbires dans le genre du moustachu, tous affectés à des tâches différentes, et c'est le propre meurtrier de ma fille que j'ai en face de moi, debout dans un couloir, accoutré comme un singe. Alors, inexorablement, je sens ma haine qui enfle, enfle.

« Remarquez, poursuit le primate, j'ai bien entendu des pas juste au moment où je redescendais l'escalier... »

Putain de quartier pourri. Je m'en souviens. C'est ce qu'il a craché mot pour mot devant l'ascenseur en panne. Je l'ai imaginé. Mes poings se serrent.

« ... mais je n'avais plus de temps à perdre. Cinq étages sans ascenseur, ça suffisait. Il y avait quelqu'un derrière la porte, Pennbaker ?

— Non, dis-je au bord de la nausée. L'un des

voisins, peut-être. Ces immeubles ne sont pas bien isolés. »

Je respire mal. Devant mes yeux surgissent de brèves images où le cadavre bleui de Marmaduke gît sur le sol de son couloir, la poitrine perforée de trois tirs de Royster ou le visage complètement écrasé à coups de barre à mine. C'est tout ce qu'il mérite. À un moment, aussi, j'entrevois le visage atroce de l'être sombre. Il me sourit. Et brusquement je comprends. Je peux imaginer ce qui va suivre.

Marmaduke a cessé de m'humilier. Il va maintenant me demander de l'accompagner jusqu'à l'entrepôt des carbies. Je le précède, il me tient en respect avec son arme. Nous quittons l'appartement. Il a enfilé un lourd manteau par-dessus sa robe de chambre. Enfin dehors, nous marchons dans le silence brumeux de la fin de la nuit claire. Les enfants nous regardent passer en se moquant de l'accoutrement bizarre de mon singe. Au bout de la rue des marronniers, Marmaduke m'indique qu'il faut tourner à droite.

Après une centaine de mètres, j'aperçois un bâtiment coincé entre deux immeubles. L'entrepôt. Marmaduke, sans me quitter des yeux, plaque le gras de son pouce sur le témoin d'empreinte. Le rideau métallique se déploie instantanément, s'arrête à mi-hauteur ; le singe m'incite de la pointe de son Royster à me glisser à l'intérieur.

« À droite au bout de la rue, maintenant. Et tenez vous tranquille, surtout. »

Le rideau se referme. Une lumière poussive

éclaire l'endroit. Trois carbies sont parquées là, une noire et deux mauves, toutes flambant neuves. Sur la gauche, près du mur attenant à l'entrée, je remarque une caisse remplie d'outils. Je n'aurai rien à en faire ; c'est de l'autre côté que le salut m'attend. En contournant la carbie noire, je repère une infime différence de niveau entre deux dalles du parterre. Suffisante pour trébucher. Je bascule en avant et chute de tout mon poids.

« Entrez là-dedans. Pas de gestes brusques. »

Ma tête frappe le sol durement. Une douleur vive élance tout mon crâne.

« Pauvre connard ! »

C'est le gominé qui hurle. Il se penche. Suffisamment pour qu'en me redressant d'un bond, j'agrippe le revers de son manteau et tire de toutes mes forces. Mon singe perd soudain l'équilibre, tombe en projetant ses mains devant lui pour amortir la chute, victime d'un réflexe aussi vieux que le monde. Je décoche mon coup de poing dans le même temps, sa mâchoire se dévisse. Puis je m'empare du Royster.

« Pauvre connard ! tu es un vrai manche, ma parole ! »

Je me relève tout de suite, pointe l'arme sur Marmaduke. Et il me supplie, regard terrifié :

« Non, arrête !

— Ah ! oui, et pourquoi, dis-moi ? Pourquoi je devrais aider une crevure comme toi à se relever pour lui rendre son Royster ?

— Lorkraft. Pense à Lorkraft.

— Où sont les deux mille euros ? »

Il sent la Mort souffler sur son visage livide.

« Dans la mauve. Tu peux garder le Royster, aussi.

— J'y comptais. Et c'est bien des pas que tu as entendus en redescendant l'escalier. Ceux de ma fille qui a couru à ta rencontre. »

Je rapproche le Royster de son front ruisselant de sueur.

« Et tu sais quoi, le singe ? En courant dans l'escalier, elle est tombée. Et elle en est morte. Alors, TU VOUDRAIS QUE JE TE RENDE TON ROYSTER ?? ?

— Arrête... Non...

— Dis bonjour à ta mort. »

Je tire à bout portant, froidement. Le trait cohérent du laser perfore le crâne de Marmaduke d'un cercle parfait. Le sang coule bientôt en une masse rouge foncé. Tout autour de la tête, les débris pâteux du cerveau s'étalent en une corolle crémeuse ; le cadavre s'agite, épuisant ses derniers spasmes avant de se figer complètement.

Marmaduke est mort. Il est peut-être déjà en train de rejoindre la profondeur des tombes, de l'éprouver. Je n'en sais rien.

La folie est mon nouvel univers.

18

Je ne dois pas m'attarder. Il me faut rejoindre au plus vite mon appartement avant que la nuit pleine ne tombe. Je ne tiens pas vraiment à rencontrer le groupe de Goodman autour du brasero.

La carbie se traîne lamentablement. Un dispositif de sécurité primaire l'empêche de dépasser une certaine vitesse. Tout simplement parce que le faisceau des phares n'autorise qu'une portée de vingt-cinq mètres. J'avance dans la brume charbonneuse et épaisse. Je maudis Marmaduke que j'ai été obligé d'écraser après avoir démarré le véhicule. Je n'avais plus le temps. La caisse tout entière ballottait au passage des roues sur le cadavre.

La boîte à gants est garnie de la liasse de billets promise par Lorkraft. Le Royster repose sur le siège du passager. Tout va bien. Sous le volant, je localise un petit espace de rangement. En y plongeant la main gauche, je reconnais au toucher une carte de crédit illimité qui permettra de me ravitailler en charbon n'importe où. Ici, en Capitale, comme en U-Zone. L'argent est roi, je suis son servant.

L'appartement est en vue. Je tente d'accélérer, mais le moteur bridé de la carbie me rappelle tout de suite à l'ordre ; le pneu avant droit heurte le trottoir. Je redresse ma trajectoire d'un coup sec du volant. Puis, regard anxieux, j'examine les environs. Il n'y a personne encore. Du moins, parmi ceux que je redoute. Les enfants se chamaillent de loin en loin ; leurs rires percent l'obscurité, par instants. Je gare la voiture devant l'entrée de mon immeuble. La voie est libre.

J'aimerais gravir l'escalier plus vite, l'air vicié m'en empêche. Les étages n'en finissent pas de défiler. Dix fois, je crois être arrivé. Je souffle, tousse à m'en perforer les poumons. Parvenu à un palier que je ne reconnais pas, j'hésite à grimper d'un niveau encore. Alors, méthodiquement, j'associe les messages que j'ai déjà lus en montant jusqu'ici, il m'en manque un. Je suis donc au troisième.

Les dernières marches me montrent le chemin, que je parcours à une lenteur effroyable. Mon pouce est le sésame. La porte se libère.

« CloseLip, tu es là ? »

J'oublie le vestibule exigu, me rue dans le salon.

« CloseLip ? »

Au creux de la pénombre, je discerne la blancheur vaporeuse du drap de lin dont je l'avais recouverte. Rien n'a bougé. Closie ne s'est pas réveillée.

Sans perdre une seconde, je me dirige dans la chambre, ouvre le placard mural pour en extraire la grosse valise qui m'a suivi partout depuis Old York.

Je me saisis au passage de trois vieilles reliques posées bien à plat sur l'étagère supérieure, les places dans la poche intérieure de mon manteau.

Reviens au salon, jette l'objet au pied du sofa, en décroche les lanières et...

« Forrest ? c'est toi ? »

Cette voix, la seule que je ne voulais pas entendre avant de m'enfuir. Je glisse ma main dans la poche du manteau. Le contact glacé de la crosse du Royster m'apaise. Je peux me retourner.

« Qu'est-ce que tu fais là, Morgane ?

— Je me suis permis d'entrer. Tu n'avais pas fermé la porte. »

Elle se rapproche, insensiblement. Les traits tirés de son visage accrochent quelques reflets aux réverbères de la rue, en contrebas.

« Quand je suis revenue de ma toilette de pluie, je croyais te trouver. Tu m'avais dit que tu me surveillerais, Forrest. Que je n'avais rien à craindre. Tu te souviens ?

— J'ai dû partir très vite. Et je n'ai pas eu le temps de te prévenir. »

Elle se tient debout devant le sofa, à présent. Son attention est immanquablement attirée par le drap de lin et la forme humaine qu'il recouvre.

« Qu'est-ce qui se passe, Forrest ?

— Rien. Je ne t'attendais pas vraiment. Je n'attendais plus personne.

— Et cette valise ? »

Mes doigts se resserrent sur la crosse.

« Va-t'en, Morgane. Ce que je suis en train de faire ne regarde que moi. Je t'en prie. »

Ses yeux mouillés de larmes croisent soudain les miens.

« C'est ta fille qui est sous ce drap, n'est-ce pas ?

— Fous le camp, Morgane, s'il te plaît.

— Pas avant que tu m'expliques. »

Je soupire, excédé.

« Je pars en U-Zone, et j'emmène CloseLip avec moi.

— Dans une valise ?

— Oui, dans une valise. Elle sera avec moi, elle ne risquera rien. »

Mon index glisse peu à peu vers la gâchette. J'éprouve une détresse épouvantable. Je voudrais être mort. Pourquoi Morgane ? et pourquoi maintenant ?

Je l'entends qui me dit .

« Tu ne reviendras jamais.

— Je t'en supplie, va-t'en. »

Le silence prend nos deux êtres, nous enchaînant l'un à l'autre. Puis, Morgane me lâche, dans un souffle :

« Tu crois qu'elle rentrera, là-dedans ?

— C'est la seule que j'ai.

— Alors, laisse-moi t'aider, Forrest. C'est moi qui te le demande. »

Ma main relâche son emprise sur le Royster. Mon corps se détend. Un court instant, je me perds d'amour dans les yeux de cette femme encore belle et dont je ne sais rien. Puis, je lui dis :

« Prends-la par les jambes, moi, je la soulèverai par les épaules. »

Morgane m'obéit. Et CloseLip quitte ainsi le sofa, corps inerte, atterrit délicatement dans sa boîte. Là, je la recroqueville en position fœtale avec une précaution infinie, les bras et tes jambes repliés, la tête voûtée contre l'armature de la valise. Puis je rabats le couvercle, le verrouille de ses lanières.

« Voilà, c'est fini. Elle n'aura plus mal, maintenant.

— Nous allons la porter tous les deux jusqu'à la carbie. Ce sera plus facile, me dit Morgane en retenant ses larmes.

— Comme tu voudras. »

Notre longue descente est un enfer ; lourde est ma CloseLip endormie. Une dernière fois, je relis ces mots désespérés : « *Qui sommes-nous pour vivre dans le noir ? et qui viendra fermer nos yeux, à l'heure de notre dernière nuit ?* » Et je suis incapable de répondre aux deux questions. Morgane peine à l'effort, ne se plaint pas. Dans le froid, nous atteignons la rue, exténués.

Aussi, lorsque je referme le coffre de la carbie après qu'elle m'a aidé à y charger la valise, je lui dis bêtement :

« Merci. »

Un sourire désenchanté glisse sur ses lèvres.

« Ce n'est pas vraiment ce que j'attendais. »

Je poursuis malgré tout ma torture.

« Dis à Whitmore qu'il se présente le plus tôt possible au Bateau Raide. Il comprendra. »

Morgane pleure, maintenant.

« Quand reviendras-tu, Forrest ?

— Dès que je pourrai, je te le promets. »

Elle hausse les épaules, résignée, parce qu'elle n'en croit pas un mot.

« Morgane ? fais-je, gorge serrée,

— Oui ? »

Nos deux corps se frôlent. Je sens la chaleur de son ventre contre le mien. Elle commence de tendre son visage et je l'arrête doucement.

« Non, pas comme ça. Je voudrais que tu me serres la main. Seulement que tu me prennes la main. »

Ce qu'elle fait. Une chaleur profonde m'envahit bientôt ; c'est Debbie qui se tient là, devant moi. Le mont chauve et la colline des morts nous protègent. Un vent léger court dans les cheveux de ma compagne. Je suis de nouveau le petit Forrest à qui l'être sombre n'a pas donné de seconde chance. Je reste Pennbaker qui lâche la main tendue, s'engouffre dans la carbie et démarre.

Jusqu'au bout de la rue, je vois dans mon rétroviseur la silhouette d'un fantôme qui agite un bras pour me dire au revoir.

Debbie ou Morgane, cela n'a plus aucune importance.

DEUXIÈME PARTIE

SAVANNA BAY

1

La Capitale s'éloigne inexorablement. Je laisse derrière moi CorneyGround et ses galeries, les rues de mon quartier à la nuit pleine tombée, leurs braseros cernés d'êtres sans vie. CloseLip dort dans la valise. Je maîtrise ma folie naissante ; je ne me suis jamais senti aussi bien.

Parfois, l'image du cadavre écrasé de Marmaduke traverse ma vision. C'est normal ; j'ai tué. Et s'il le faut, je tuerai encore. Je me demande aussi ce que Donovan a pu faire des restes du buffle, si les vautours aux gueules noires se sont rués sur la carcasse, qui emportant un bout de foie, qui arrachant une côte entière. Peut-être cette viande est-elle comestible, goûteuse même ? Eux seuls doivent le savoir, désormais. Au creux de mon délire sage, j'imagine que Lorkraft va bientôt envoyer quelqu'un à ma poursuite. Je m'en moque. Je suis prêt à l'abattre. Sans le moindre remords.

Les immeubles se font plus clairsemés au fur et à mesure que j'avance. La carbie m'emporte à son rythme tranquille. Les derniers faubourgs se succèdent dans leur morne série. Bientôt, seuls les champs pelés entoureront ma fuite.

Je vais retrouver ma fille après toutes ces années d'absence. Savanna Bay. Un drôle de prénom. C'est ce que j'ai tout de suite pensé lorsque j'ai lu la première lettre de Debbie à mon arrivée au Centre d'Old York.

Lentement, tout se délie. Les souvenirs pesants, les odeurs intermittentes, la chape obscure au-dessus de la grande ville portuaire.

Le navire entrait dans la baie, signalant son arrivée de plusieurs coups de sirène auxquels une bande de gamins désœuvrés répondait depuis les berges sud. Ils hantaient les bateaux échoués, se hissant au sommet des mâts rouillés en agitant leurs bras malingres ; ils souriaient tous, et moi, je ne parvenais pas à quitter des yeux la masse noire et fumeuse planant sur Old York.

La plupart des usines florissaient tout autour de la presqu'île, quelques autres s'étaient regroupées à l'ouest de la cité. Les cheminées crachaient leur mort poudreuse, il faisait frais. Le printemps était déjà vieux de deux mois. J'entrais en nouveau monde, celui que les nuées noires de plus en plus pressantes annonçaient aux portes de Taney, et que j'avais manquées là-bas de peu.

En débarquant, le fond de ma gorge me picotait. J'ai toussé deux fois. Au pied de la passerelle, Kean George m'attendait. Il m'a salué d'un geste discret de la main ; j'ai souri sans conviction.

En le rejoignant, il m'a simplement dit :

« J'espère que tu as fait un bon voyage ? »

Il m'avait tutoyé d'emblée et cela ne me choquait pas. Je lui ai répondu que non.

La traversée s'était éternisée ; mille fois, j'avais revécu la mort de mon père. Dans mon sommeil, son bras tendu vers la photographie de Rose-Anne revenait toujours. Chacun de mes rêves se peuplait de doigts raidis essayant vainement d'agripper le peu de vie qui restait, crochetant l'air plusieurs fois avant de renoncer. Je voyais aussi un homme jeune, n'entendant rien, ne ressentant rien. Debbie surgissait parfois du vide, belle et nue ; elle s'éloignait vers une lumière blanche en prononçant des mots que je ne comprenais pas. Alors, je me réveillais en hurlant, et ne réussissais plus à me rendormir.

« Bienvenue à Old York », a poursuivi George.

Je n'ai jamais su s'il plaisantait.

Je ne me souviens guère plus du trajet que le taxi de la Stolen a emprunté pour rallier le centre de recherche. Je me rappelle quelques carrefours où des carbies, tout aussi poussives que la nôtre, s'adonnaient au ballet grotesque du chasse-croisé au milieu des injures savamment dosées des conducteurs ; les avenues encaissées où notre chauffeur allumait ses feux de croisement pour améliorer une visibilité plus que réduite par la brume qui tombait en paquets imprévisibles de loin en loin.

Kean George toussait beaucoup, parvenait à m'expliquer entre deux quintes sévères que la Stolen attendait la livraison du dernier modèle des carbies, plus rapide, et dont le moteur s'encrassait deux fois moins que ceux de la première génération. J'acquiesçais mollement. Je me rendais compte que j'avais commis une erreur et qu'il était de toute façon trop tard.

Parvenus au centre, lorsqu'enfin nous sommes montés au premier étage de l'immeuble jouxtant les laboratoires d'expérimentation, ma grosse valise en main, Kean George me précédant dans l'escalier après avoir pesté contre l'ascenseur de nouveau en panne, j'ai eu envie de m'enfuir. Seulement envie. George a ouvert la porte de mon repaire — le modeste meublé que l'on m'avait attribué —, s'est effacé devant moi.

« Ton chez-toi, Forrest. »

Je me suis avancé pour poser ma valise à gauche de l'entrée. Puis, j'ai jeté un vague coup d'œil. Les murs présentaient une teinte grisée, le rebord de la petite fenêtre du salon, juste en face de moi, se couvrait d'une fine poussière. J'ai toussé de nouveau.

La lettre trônait là, sur la table.

« Un courrier en provenance de Meent, m'a confié Kean. Nous l'avons reçu hier. »

Et pendant que George vérifiait le travail des employés chargés le matin même de préparer l'appartement à mon intention, j'ai lu ce que m'écrivait Debbie.

Forrest,

Peut-être recevras-tu cette lettre, peut-être non. Je l'ai adressée à Taney à tout hasard, parce que je ne sais pas si tu vis toujours là-bas. Je souhaite au moins que la personne qui réceptionnera mon courrier le fera suivre.

Ici, à Meent, le ciel devient noir, mais je crois que c'est partout la même tristesse, maintenant.

Je vais bien. J'espère qu'il en est de même pour toi.

Tu ne me manques plus, Forrest, parce que cela fait déjà trois ans que je suis partie. Mais j'ai pensé qu'il était juste pour toi de le savoir, à présent.

Savanna Bay marche, elle a même ton sourire — quand tu souriais. Mais jamais elle ne t'appellera papa. Ne m'en veux pas. C'est seulement ta main que j'aurais voulu prendre dans la mienne, et que tu m'as toujours refusée. Et j'ai eu trop peur. Peur de ne jamais pouvoir répondre à cette question, peur, surtout, de la subir au quotidien.

Cette main froide et indifférente qui était la tienne, comment aurais-tu pu la tendre à ta propre fille ?

Debbie

Je n'ai pas pleuré, parce que je souffrais trop. Machinalement, j'ai parcouru le dos de l'enveloppe où Debbie avait inscrit l'adresse de retour. *Debbie Marshall, Centre B3, Meent — Europe.* Le papier tremblait dans mes mains.

Mes mains.

J'étais venu jusqu'à Old York en pensant me trouver à une vingtaine de kilomètres à peine de Meent. J'ignorais seulement qu'il existait deux villes au moins répondant à ce nom. Une en Europe, une autre en Amérique. Et puis, par lâcheté, je n'avais demandé aucune précision à Debbie avant son départ.

Bienvenue en Enfer, m'a alors souhaité une voix fantôme. Peut-être celle de Kean George qui, cette fois-ci, ne me mentait plus.

Je suis ainsi le père de Savanna Bay depuis le 21 mai de cette année-là. Et je ne l'ai jamais vue. Toute ma vie, je me suis résigné à deviner les traits de son visage. Il semble se tenir là, devant moi, émergeant de la lueur des phares. CloseLip dort profondément.

2

Je roule depuis plus de quatre heures, maintenant. Le tableau de bord m'indique que je dois me ravitailler en charbon. Au même moment, je distingue à grand-peine une pancarte plantée dans le bas-côté droit :

Station à trois kilomètres. Dernier point de ravitaillement avant l'U-Zone.

Les lueurs orangées me sont cachées par la grande colline que je devine tapie dans le noir. Hier soir encore, je les apercevais du haut de la tour de CorneyGround, et je frissonne toujours. La peur. Je la ressens au plus profond de mon être parce qu'elle ne m'a jamais quitté.

Au Centre, elle me guettait dans mes instants les plus troubles, lorsque la douleur se révélait trop forte. J'appréhendais chaque retour à mon appartement après une journée de travail abrutissante aux côtés de Kean George.

Je l'assistais dans ses recherches en réplication. Au bout d'un an et demi, déjà, nous n'étions plus très loin de stabiliser la méiose des cellules souches destinées à être répliquées. Et je jetais toutes mes forces dans des saisies de données et de statistiques interminables. Je ne pensais à rien d'autre.

Pourtant, George avait beau posséder une capacité de travail incroyable, la fatigue finissait tôt ou tard par le rattraper. Je redoutais toujours la phrase rituelle qui marquait la fin de nos séances, ces mots tombant dans le silence en même temps que Kean se massait les yeux, exténué :

« Je crois que ça sera tout pour aujourd'hui, Forrest. »

C'était tout, en effet. Invariablement, vingt-deux heures sonnaient à l'horloge murale du laboratoire et je me levais de mon bureau, abandonnais l'ordinateur de collecte en m'assurant toutefois d'effectuer une sauvegarde du travail en cours.

Nous nous quittions sur le pas du bâtiment, recouverts de l'ombre brune d'Old York qui me semblait plus épaisse. Souvent, en journée, les néons du laboratoire restaient éclairés pour nous permettre de poursuivre les recherches. Et j'avais appris à tousser régulièrement, comme tous les Yorkiens.

Face à moi se dressait l'immeuble où je logeais. Kean surprenait de temps à autre mon regard inquiet et me demandait si tout allait bien. Je ne lui répondais pas. Jamais il ne m'avait reparlé de la mort de Benford, de la nuit sur le Langkor.

Taney, lui, déclinait ; la Stolen se retirait pour de bon du secteur autrefois florissant des villages dédiés. Le poisson, écaillé dès sa sortie de l'œuf par manipulation génétique, ainsi que d'autres produits alimentaires tout aussi trafiqués et ne nécessitant plus aucune main-d'œuvre pour leur préparation, étaient désormais clonés à grande échelle, tous ces nouveaux marchés juteux ayant été adjugés très tôt aux Consensuels. Les mines de charbon autorisaient le reclassement de la moitié des chômeurs sans aucune difficulté ; les rumeurs les plus folles, également, couraient à propos des flaireurs et de leurs réelles conséquences.

Les derniers journalistes d'investigation rapportaient qu'aux premières heures de la reprise en masse de l'exploitation du charbon, les Consensuels avaient su simplement tirer profit des événements pour exiger davantage : « *Nous vous donnons depuis peu le droit de polluer, de noircir de fond en comble la planète. En échange de notre silence, nous avons en effet obtenu que des animaux en nombre travaillent dans les mines, au nom de la préservation des dernières espèces. Nous n'avons donc pas encouragé la colère sociale, et nos militants interprètent déjà cet acquis comme une grande victoire de l'Écologie Consensuelle. Nous demandons maintenant, accessoirement, des sièges aux Sénats Européen et Américain.* » Parce que cela restait le seul moyen pour eux d'obtenir l'assise politique dont ils avaient toujours rêvé, faute d'un électorat décisif. Les pouvoirs en place avaient ainsi accédé à leur requête, au nom d'une paix sociale qui ne servait que des intérêts foireux, et d'une notion d'*accessoire électoral* à faire vomir. Et Julius avait eu raison de tous les accuser de tractations détestables.

Je grimpais jusqu'à mon appartement, l'estomac noué par la nuit de désespoir qui m'attendait. Je refermais la porte, allumais le salon. Me branchais sur le réseau local.

De plus en plus souvent, les journaux télévisés se trouvaient relégués en deuxième partie de soirée ; les jeux se multipliaient, occupant désormais toute la durée d'émission des canaux autorisés par le Sénat. Je rejoignais la cuisine pendant que le costumé de service débitait ses nouvelles maussades, me servais un verre d'eau du robinet. Le liquide devenait jaunâtre un peu plus chaque jour ; les nappes phréatiques commençaient tout simplement à s'imbiber de la brume noire recrachée par les cheminées innombrables d'Old York. Debbie, si elle m'avait encore écrit, m'aurait appris qu'à Meent, de l'autre côté de l'océan, la même misère se reproduisait. Elle m'aurait peut-être dit aussi que les pouvoirs locaux songeaient à créer une zone franche pour parquer les délinquants. Les rues des Villes plongées dans le noir étaient de moins en moins sûres. Le froid s'intensifiait, quelle que soit la saison, et poussait les démunis au pire.

Je m'asseyais dans le canapé, écoutais le cravaté. Je croyais entendre par-dessus la voix plate les commentaires désabusés de Julius, et l'hypocrisie se déliait enfin. Le concept de l'U-Zone allait son chemin, de colloques interministériels en symposiums supranationaux, tout se déroulait pour le mieux. Les têtes pensantes et chenues qui présidaient à nos destinées ne nous oubliaient pas. Alors, terrassé par la souffrance, je me fermais à cette mascarade infâme. Je ne voyais plus que mon père séparé d'un mur de moi, en train d'agoniser ; les mots de la lettre de Debbie flottant au creux du vide, son corps sous le mien, une seule nuit ; Benford suspendu au bras de l'être sombre, remuant au vent mauvais comme une branche inutile. Ce tourbillon malsain qui m'emportait.

Au bord de l'inconscience, je me traînais jusqu'au lit sans me déshabiller, sombrais dans mon calvaire. Pour me réveiller plusieurs fois au cours de la nuit, hurlant à la face de cette folie qui était en train de tout nous prendre.

J'ai mal, j'ai toujours mal. Les lueurs de la station se détachent brusquement de l'obscurité. Je plonge la main dans la poche du manteau. Le Royster m'est fidèle.

3

Le moteur de la carbie hoquette puis se tait. Je descends aussitôt, patiente en examinant l'endroit.

La station se compose d'une unique pompe à poudre devant laquelle j'ai stationné mon véhicule, et d'un bâtiment trapu planté à une cinquantaine de pas en arrière. Au-dessus de moi, le réverbère conique diffuse sur le périmètre sa douce lueur orangée. Un silence sourd règne là, étrange. Brusquement, la porte du local s'ouvre et encadre un homme hirsute qui rajuste son pantalon autour de la taille, la bouche fermée sur une cigarette à moitié consumée.

« C'est pour quoi ? me lance-t-il, voix éraillée, toujours campé sur le seuil de l'entrée.

— Le plein, s'il vous plaît.

— À cette heure ? »

Je l'observe plus attentivement. Son visage est bouffi, il tousse. Et c'est le premier type que je vois s'adonner au tabac depuis des années, malgré la brume noire des Villes.

Il se rapproche, négligeant de refermer la porte de son local, parvient enfin à ma hauteur en me fixant d'un œil méfiant.

« Quel est le problème ?

— Il n'y a pas de problème. Je désire juste que vous me fassiez le plein, c'est tout.

— Et vous avez de quoi payer ? »

Je souris vaguement.

« Une carte illimitée, ça vous ira ? »

Mon pompiste se contente d'acquiescer, s'empare du tuyau, actionne le clapet du réservoir, puis enfourne l'embout chromé dans l'orifice pour activer le transvasement de la poudre.

« Curieux, dit-il en me dévisageant encore.

— Qu'est-ce qui est curieux ?

— En général, je fais le plein de carbies qui vont dans l'autre sens.

— Et alors ?

— Rien de spécial, l'étranger. C'est simplement pas courant de voir un gars dans ton genre faire route vers l'U-Zone.

— Profitez-en, dans ce cas.

— C'est ce que je fais. Faut dire que tu n'as pas vraiment la gueule de l'emploi. »

Il se retourne du côté de la pompe pour vérifier l'avancée de la quantité de poudre. Reporte très vite ses yeux de fouine sur moi.

« Vous avez une idée de ce qu'est l'U-Zone ?

— Non, aucune, fais-je passablement énervé. C'est même la deuxième fois que l'on me pose la question.

— Alors, c'est qu'il y avait de bonnes raisons pour ça.

— Bartolbi, ça vous dit quelque chose ?

— Ouais, l'artiste. »

Et il ne poursuit pas. Je saisis rapidement pourquoi.

« Vous vous servirez un large pourboire sur ma carte. Continuez.

— C'est un éleveur de l'U-Zone.

— Et vous avez une idée de l'endroit où je pourrais le trouver ? »

La fouine hoche la tête en jetant un dernier coup d'œil à la jauge, stoppe net le remplissage, raccroche le tuyau sur le côté de la pompe.

« Aux dernières nouvelles, d'après ce que m'en ont dit les rares types qui revenaient de l'U-Zone, il s'était installé à l'ouest. Votre carte, s'il vous plaît » termine-t-il en tirant une dernière bouffée sur son mégot avant de l'écraser du pied.

Je m'apprête à glisser la main dans la poche intérieure pour en retirer le rectangle plastifié et le lui tendre — tout va beaucoup trop vite.

Il a dégainé de son pantalon une arme ridicule, à peine plus grosse que son poing. Un revolver à deux coups, probablement, qu'il brandit à hauteur de mon ventre. Je recule en longeant l'aile droite de la carbie. Ma fouine avance dans le même temps.

« Du calme, l'artiste. C'est pas forcément après toi que j'en ai. Tu vas gentiment lever les bras comme si tu saluais l'arrivée du dalaï-lama en personne, vu ? Et tu ne bouges plus. Tu commences déjà à me fatiguer. »

Je m'exécute pendant qu'il braille vers le local, en y risquant un œil furtif :

« Poppy ! »

Je regarde à mon tour. La porte est toujours entrouverte sur le noir du couloir intérieur.

« Poppy, bon dieu ! Mais qu'est-ce que tu fous ? »

Un bruit de vaisselle malmenée résonne bientôt, suivi de pas précipités.

La jeune femme apparaît dans l'embrasure, vêtue d'une nuisette rose bonbon, pieds nus, triangle de son sexe brun apparent sous le tissu léger. Je ne peux pas m'empêcher de guigner sa poitrine généreuse. Son sein gauche et ferme dégorge du vêtement. La vision est proprement hallucinante. Poppy ne semble pas souffrir du froid.

« Tu en as chopé un, mon chou ? minaude-t-elle.

— Ça ne se voit pas, non ? Amène-moi le Royster, vite. »

Elle disparaît à l'intérieur du local. La fouine commente, détachée :

« J'étais en train de la ramoner dans la cuisine quand tu t'es pointé.

— Je me fous de ce que vous étiez en train de faire. Prenez ma carte et laissez-moi repartir.

— Je t'ai déjà dit que c'était pas toi qui m'intéressais. Tous les minables de ton espèce vont en U-Zone pour une bonne raison. Le trafic, tu comprends ? »

Le coffre. Il veut que je lui ouvre mon coffre.

« Ouais, t'as parfaitement pigé, confirme-t-il en déchiffrant mon visage. Maintenant, tu vas y aller en douceur. »

L'homme fait trois pas en arrière, revolver pointé sur moi.

« Approche, et ouvre ce coffre. »

J'étouffe. Mon Royster me semble à des années lumières de mes mains toujours en l'air, et je ne sais pas comment je vais m'en sortir ; je ne parviens pas à *imaginer*. Au même moment, celle qui se nomme Poppy sort en trombe du local, lestée de son arme, rejoint son homme.

« Qui c'est ce gars ? nasille-t-elle.

— J'en ai aucune idée, ma poupée. »

Ils se sont échangé les deux revolvers. Mais la fille me scrute avec insistance.

« Bizarre, Dundee.

— Quoi ?

— Il ressemble au type dont le journaliste parlait, sur le réseau local.

— Quoi ? » répète la fouine en portant successivement son regard sur la fille et moi.

Ce n'est pas la même question. Je vois. Je n'avais aucun besoin d'*imaginer*.

Elle est étendue sur la table de la cuisine. La fouine est debout, ceinturant de ses bras les jambes de Poppy. Il la besogne avec son sexe mollasson. Du salon parvient le laïus du présentateur. L'écran du réseau local est resté allumé.

L'attention de Dundee se relâche immanquablement. Encore quelques secondes.

« Je te lime comme un dingue, et toi, tu écoutes le journal ? »

Poppy a compris. Trop tard. Ses jambes flageolent ; sa main qui tient le petit revolver tremble.

« M'en veux pas. Dundee. Tu bandes mou, mais

c'est normal... avec toutes les cigarettes que tu t'envoies. Je... »

La fouine, elle, m'a oublié. Je décoche un seul tir au niveau de l'abdomen. L'homme vacille, lâche son Royster, puis s'écroule de tout son long. Poppy ouvre la bouche sur un cri muet, traits défigurés par la terreur. Croise mon regard en me suppliant de la laisser en vie ; le petit revolver de Dundee n'était pas chargé. Mon Royster est braqué sur elle.

« Non, non » supplie la jeune femme.

Elle recule sans même s'en rendre compte. Un doute effroyable me tenaille. J'hésite entre le meurtre simple, forcément inutile, et le respect de cette vie tout aussi pitoyable que la mienne. Mon index effleure la gâchette. Je ne parviens plus à respirer ; la démence totale me guette. Alors s'installe entre ma proie et moi un temps insupportable de pesanteur, une minuscule éternité suspendue à ma seule décision. Je ne sais pas. Pas encore. Les lèvres de la jeune femme trémulent. Poppy tend le bras pour implorer ma clémence. Ce bras tendu vers sa mort. Comme... celui de Julius.

Je retrouve l'air noir du monde ; il circule au long de son chemin âpre dans ma trachée — parce que j'ai décidé.

« Rentrez. Tout ce que je veux, c'est partir tranquille. Et vous ne m'avez jamais vu, c'est compris ?

— Je ne vous ai jamais vu, bredouille-t-elle, éclatant en larmes. Oui, je vous ai jamais vu, je vous le jure. »

Je rejoins alors la portière à reculons, tenant toujours en respect la jeune femme. M'engouffre dans l'habitacle et démarre. Les pneus crissent sur toute la longueur de la station, puis je replonge dans le noir protecteur de la route.

La fouine ne fait plus partie de la vie, ni de la mienne.

Tant pis pour lui, pour Poppy et tous les autres.

4

Un grand portique solitaire se dresse sur ses deux piliers gigantesques, entouré d'une végétation rabougrie. Je m'apprête à pénétrer en U-Zone ; aucune enceinte ne la délimite.

Une heure auparavant, au sommet des collines qui me masquaient les lueurs orangées, la carbie peinant à grimper la route pentue, j'avais découvert l'étendue de cette réserve immense.

La lumière pulsait à l'horizon et je n'avais plus besoin de la tour de CorneyGround pour admirer son chatoiement. La zone irradiait tout entière d'un halo clair et ocré, sans que je puisse en déterminer la source.

Je me suis arrêté un instant sur le bord de la vieille nationale, ai sorti CloseLip de sa valise. Puis, prenant son corps inanimé dans mes bras, j'ai escaladé un tertre coiffé d'herbes folles ; je me suis assis à même la terre cendreuse, ma fille morte calée entre mes jambes, son dos froid reposant contre ma poitrine. Je lui ai dit que tout serait bientôt fini. J'ai murmuré d'une voix douce que j'allais retrouver Savanna Bay ; ses yeux restaient clos. Elle dormait.

Comme jamais je n'ai pu m'y résoudre.

Les mois s'accumulaient, à Old York. Les travaux de George progressaient. La deuxième phase de nos recherches s'était donc imposée d'elle-même.

C'était l'hiver de ma troisième année. Déjà, les saisons et leurs couleurs changeantes ne signifiaient plus rien. Le froid sévissait chaque jour. La première U-Zone venait d'être mise en place en Europe de l'Ouest. La guerre au Proche-Orient, concernant les peuples A, B, C et D, un nouveau venu, s'enlisait ; cela ne dissuadait pas les rédactions satellitaires de consacrer les trois quarts de leurs journaux à cette pitoyable pantalonnade. Dix minutes sur le quart d'heure ridicule qui leur était dévolu, relégué en troisième partie de soirée, au milieu des publicités et des jeux où tout et n'importe quoi pouvait être gagné par les téléspectateurs. Une idée avait d'ailleurs germé dans l'esprit d'un producteur richissime, celle de décerner au vainqueur d'une course-poursuite dans les rues noires d'Old York un pichet d'eau épurée à un taux nominatif de 99,3. Les premiers filtres que l'on plaçait en embout sur les mitigeurs se vendaient fort cher et n'avaient aucune efficacité. Pendant ce temps-là, les carnages de flaireurs incontrôlables au fond des mines de la baie d'Old York se multipliaient, mais personne ne voulait y croire, puisqu'aucun journaliste n'estimait digne d'évoquer le sujet.

Je dormais toujours aussi mal. Le jour — Kean l'appelait parfois « nuit claire », entré deux quintes de toux —, je survivais à l'ennui. Alors, quand mon compagnon m'a annoncé que nous étions en mesure de passer au stade de l'expérimentation, j'ai proposé mon concours sans la moindre hésitation. Ils avaient besoin de mon ADN, et je revois encore le visage étonné de George ; nous étions dans le laboratoire, assis l'un en face de l'autre, attendant le résultat d'une dernière projection de test que l'ordinateur de collecte calculait pour nous.

« Une fille, Forrest ?

— Oui. Je voudrais qu'elle ait dix ans. C'est possible, n'est-ce pas ?

— Ça l'est, oui. Mais pourquoi une petite fille de dix ans ?

— Pourquoi pas ? »

Il m'avait souri, comme lui seul savait le faire, tendrement, sans l'ombre d'un reproche, avec au fond des yeux cette lueur d'intelligence qui me désarmait toujours.

« Et bien sûr, tu ne sais même pas à quoi elle ressemble, je me trompe ?

— Non. »

J'étais profondément troublé. La confiance qu'il me portait, et peut-être son affection réelle pour moi, me laissaient libre de chacun de mes choix, aussi discutables soient-ils. Et souvent, j'avais eu l'envie de le serrer dans mes bras pour lui prouver au moins combien je l'appréciais en retour. J'en étais incapable. Mes mains avaient oublié la peau douce et chaude de Debbie, sur le mont chauve, parce qu'elles ne s'y étaient jamais aventurées. Mes bras, à présent, refusaient tout autant Kean George. Il me fallait ne rien prendre, jamais ; avancer au creux du vide, substituer à la mort de mon père une fille qui n'était pas la mienne, et me taire. J'aspirais seulement à poser les jalons qui me conduiraient sans le savoir jusque-là, en U-Zone.

Là, sur le tertre. Je n'ai pas réchauffé les mains inertes de CloseLip dans les miennes. Pour la première fois de ma vie, je contemplais une lumière plus intense que les ténèbres ; la brume noire me semblait moins épaisse. Les yeux embués de larmes, je chantais une vieille berceuse à ma Closie, comme aux premières nuits de sa naissance où je m'étais juré que toujours je la protégerais des hommes et de leur folie.

La clarté de l'U-Zone m'attirait. Je songeais à la profondeur des tombes, à celle que j'aurais pu creuser pour mon ersatz de fille au sommet du tertre. Je ne l'ai pas fait. L'être sombre ne m'est pas apparu au moment où je l'ai envisagé... J'ai remis ma fille dans la valise.

La profondeur des tombes, quand nos yeux s'y noient.

Je passe le portique démesuré. La carbie prend soudain de la vitesse, comme aimantée par la lueur orangée de l'horizon. Tout s'éclaire au fur et à mesure que je progresse. Au loin, je devine une cité.

Plus près, je distingue un édifice posé là en poste avancé, au centre du paysage dénudé. Et même si je ne comprends rien à ce que je suis en train de vivre, cela n'a aucune importance.

Je veux me laisser porter.

5

Je stoppe la carbie près du bâtiment, un gros cube de deux étages planté au milieu de nulle part. Sur le fronton, un mot est inscrit : « Mairie ». Cela ne me surprend pas ; c'est même la raison pour laquelle j'ai décidé de m'arrêter. Je descends de la voiture, Royster en main, rallie le perron, gravis les marches de l'escalier de faux marbre poussiéreux et me plante devant la porte haute de deux mètres pour frapper.

Au bout de quelques secondes d'attente, quelqu'un finit par m'ouvrir. C'est un homme âgé d'une soixantaine d'années, tête chenue, peau cireuse, nez effilé. Il me présente un corps maigrelet, presque chétif, habillé d'une vareuse pourpre, et je ne le connais pas. Lui, apparemment, si.

« Vous arrivez plus tôt que je ne le pensais, monsieur Pennbaker.

— Les carbies, fais-je.

— Oui, je sais. Il n'empêche, je vais quand même être obligé de vous tuer. »

Je brandis mon arme ostensiblement.

« Cela risque de vous être difficile.

— J'ai tout mon temps, nous allons faire comme si je vous accueillais au titre de délinquant de série 4 — le milieu de l'échelle — pour vous expliquer les principes de l'U-Zone. Après quoi... »

Il s'interrompt, pour mieux souligner l'importance de ce qui va suivre.

« ... je vous éliminerai. On me paye pour ça.

— Et moi, j'ai besoin de quelques renseignements avant de poursuivre ma route.

— N'ayez crainte, je vous les donnerai. »

Je secoue la tête, goguenard.

« Ils ne me serviront à rien si vous me tuez.

— J'aime agir dans le strict respect du protocole. »

Le vieillard aux cheveux blancs s'efface devant moi, m'enjoint :

« Entrez, je vous prie. »

Il me conduit dans une salle discrète et cossue du premier étage. La lumière y est douce, teintée d'un ocre pastel que les tentures de soie grossière diffusent depuis les plinthes du plancher. Au centre, trônent deux fauteuils de peau disposés en regard l'un de l'autre, chacun surmonté d'une applique fixée à l'arrière du dossier. Elles sont pour le moment éteintes.

« Prenez place, monsieur Pennbaker. »

J'élis aussitôt le fauteuil tourné vers l'entrée, pour parer à toute éventualité. L'habitude, lentement, s'installe. Le vieil homme, sourire indéfinissable au coin des lèvres, s'assied à son tour. Il soutient mon regard, claque des doigts. Les deux appliques s'allument, projetant sur nos visages une auréole jaune grenat. Nous figurons ainsi une paire de cadavres prêts à s'entretenir de leur mort.

Le vieillard commence.

« Parlerons-nous d'abord de vos deux meurtres, ou des règles régissant le monde de l'U-Zone ?

— Je n'ai aucune préférence.

— Alors, commençons par le règlement. L'U-Zone, monsieur Pennbaker, est déterminée tout entière par un principe unique : le droit à l'entrave. En d'autres termes, si vous voulez exterminer tous les résidents de l'hors-monde — c'est un exemple, extrême, je vous l'accorde —, il vous faudra vous acquitter d'une cotisation au mois pour ce faire.

— Et c'est tout ?

— Non. Votre mort vous appartient. En clair, vous en êtes seul responsable, sachant que vous ne répondez en aucun cas du décès, accidentel ou non, des autres résidents.

— Cela me convient. Les deux meurtres, maintenant. »

Le maire se penche en avant, mains décharnées posées sur les accoudoirs.

« Ils m'autorisent à procéder à votre assassinat en bonne et due forme. Les deux témoins ont déjà déposé sous serment.

— Je n'en ai eu qu'un.

— Exact. Le premier est de complaisance et corroborera sans délai le meurtre perpétré sur la personne de John Marmaduke. Le second, Poppy DeCleve, renforcera par son témoignage votre statut de criminel.

— Je suis en U-Zone, non ?

— À la différence que vous avez tué deux personnes pour y entrer. Ce n'est pas la procédure habituelle. On est reçu en hors-monde pour avoir commis un crime ou un délit, indépendamment de la raison même de la structure d'accueil. Et non à *cause* ou *pour* celle-ci. Le mobile vous concernant est patent.

— Vous vous trompez. Je revendique le statut de criminel transférable en U-Zone. Je remplis les critères. »

Il écarte mon argument d'un geste de la main.

« Votre cas est déjà jugé. Vous n'avez plus que dix minutes à vivre. Je vous conseille de poser des questions précises.

— Cette procédure est pour le moins contestable. Je n'ai aucun moyen de m'assurer du temps qu'il me reste.

— Appréciez-le au plus juste. Encore neuf minutes et cinquante-cinq secondes.

— Je cherche un certain Bartolbi. Quelqu'un m'a dit qu'il se trouvait en territoire ouest de l'U-Zone.

— Dundee, votre première victime.

— Répondez à ma question, s'il vous plaît.

— Il s'est établi effectivement là-bas. Une autre question ?

— À quoi je peux le reconnaître ?

— Requête inutile. Une autre question ? »

Neuf minutes. Peut-être un peu moins.

« Ma carbie ?

— Elle n'intéresse personne, ici. Vous pourriez

atteindre à son bord les confins de l'U-Zone en toute quiétude. Une autre question ?

— Pourquoi ce genre de véhicule n'intéresse pas les résidents ?

— Requête vide de sens. Une autre question ?

— Qu'est-ce qui peut les intéresser ?

— Ce que vous cachez éventuellement dans le coffre. Votre manteau. Votre Royster. J'ai une réserve de manteaux au deuxième. Je vous conseille d'en faire provision. Mille euros la pièce. Une autre question ?

— Pourquoi vous acheter des manteaux si je dois mourir dans huit minutes ?

— Vous estimez mal votre temps, monsieur Pennbaker. Une autre question ?

— Ce portique, avec rien autour ?

— Structure sans objet. Le champ invisible entourant l'hors-monde est sensible à votre direction. Un contrevenant peut entrer en U-Zone, pas en sortir. Une autre question ?

— Non, fais-je, très calme. Il n'y en a pas d'autres.

— Nous allons donc attendre votre mort.

— Je ne crois pas que ça sera nécessaire. »

Je tends mon bras, très vite. Le canon de mon Royster effleure le front ridé.

« Dites seulement bonjour à votre mort, monsieur le maire. »

Le coup part, pulvérisant le crâne qui explose et macule le dossier du fauteuil d'une sale purée blanchâtre. Le corps s'affaisse dans le même mouvement. Les mains du vieil homme demeurent pourtant à leur place, bien à plat sur tes deux accoudoirs.

Je me raidis. J'entends des pas qui dévalent un escalier, celui menant au deuxième, Entre bientôt un autre vieillard à la tête chenue, peau cireuse, nez effilé, corps aussi malingre que le premier, vêtu de sa vareuse pourpre. Je commence à comprendre.

« Bonjour, monsieur Pennbaker » me fait le nouveau maire.

Il se rapproche, sourire narquois plissant ses lèvres, saisit le cadavre à la base du cou, puis le projette violemment sur le sol et prend place en adoptant la même posture empesée que son prédécesseur.

Je lui demande :

« Il y en a combien, comme ça ?

— Requête inutile. Vous n'avez plus droit aux questions.

— Aucune importance. »

Je tire pour la deuxième fois. Une autre bouillie répugnante éclabousse le dossier, s'entassant sur les déchets du clone précédent. Cette fois, je n'attends pas la descente du suivant. Je m'élance jusqu'à la porte. Le troisième vieux maire dévale les marches, hiératique. J'ajuste ma visée, appuie sur la gâchette. Le trait cohérent du laser strie la pénombre. L'homme chute lourdement dans l'escalier de bois. Puis je lève les yeux pour me rendre compte que le quatrième sort d'une pièce obscure de l'étage supérieur.

Ma gorge se noue. Je hurle :

« Mais vous êtes combien, nom de dieu ?

— Bonjour, monsieur Pennbaker. »

Le quatrième maire n'a pas le temps d'atteindre la rampe. Il meurt bien avant. Six minutes, peut-être. *Vous estimez mal votre temps.*

« Bonjour, monsieur Pennbaker. »

Ma mort se situe ailleurs. Le vrai propriétaire des clones veut m'enfermer dans cette succession de cadavres qui ne lui coûte rien. Et qui me mange tout mon temps.

Je tue une cinquième fois.

« Bonjour, monsieur Pennbaker » retentit la même voix.

Le vieillard à répétition descend de nouveau, me rejoint sur le pas de la porte de l'étage en enjambant la corolle de sang épaisse du troisième clone. Où se situe ma mort ?

Sans réfléchir, je gagne le rez-de-chaussée à reculons, en m'aidant de ma main gauche guidée par la rampe. Le pantin aux cheveux blancs m'emboîte le pas aussitôt. Parvenus dans l'entrée principale, je m'immobilise. Le vieillard fait de même, en me souriant toujours. Ma mort est là. L'être sombre me le crierait si je pouvais l'entendre.

Derrière moi, il y a la grande porte. Je tente de l'ouvrir ; elle est verrouillée. C'est donc ici que ma fin est programmée.

Tout se bouscule dans ma tête, à une vitesse folle. Les plans de survie se heurtent, avortés, mort-nés, tous dérisoires. Quand, soudain, le clone me déclare :

« Vous allez maintenant mourir. »

Et les mots ne sonnent pas normalement. Le regard du clone ne cesse de revenir sur un point situé au-dessus de moi. Alors, d'un seul coup, une idée absurde traverse mon esprit. Je n'ai rien à perdre.

Je tire entre les deux sourcils, à bout portant, et j'ai le temps d'apercevoir l'éclair de peur effroyable dans les yeux du vieil homme. Le corps sans vie s'écroule. En proie au cauchemar, je m'attends à ce qu'un septième maire débouche de la pièce sombre, tout là-haut, pour me souhaiter encore la bienvenue. Le gaz incapacitant et rosâtre ne met que deux secondes pour surgir de la paroi surplombant la grande porte, en un chuintement lugubre. Deux secondes trop tard pour ce vieux fou, le vrai. Je songe bêtement que les dix minutes accordées n'y sont pas. Ma tête, tout à coup, se fait incroyablement lourde. Submergé par mon brouillard, je perds peu à peu de vue les trois cadavres gisant en haut de l'escalier et au pied de la béance sombre, juste au-dessus, d'où ces zombis émergeaient ; je ne peux plus attendre. Je me rue sur la poignée qui refuse de céder. Une envie de vomir toutes mes entrailles me tord le ventre. Mes jambes se dérobent. Sous l'emprise d'une nausée abjecte, je tire quatre fois dans la serrure. Le battant claque. Sans attendre, je me précipite à l'air libre, titube jusqu'à la carbie. Un court instant, je crois que c'est fini, parce que mes poumons ne répondent plus.

Le monde tournoie ; la Mort trop proche me tend les bras. Au creux d'un marasme épouvantable, je la repousse. Seul l'être sombre m'impose ses lois.

Je ne mourrai pas.

Puis, irrésistiblement, je sombre au plus profond du noir.

6

La nuit claire s'est levée. Je sors de ma torpeur ; ma tête m'élance encore. En ouvrant les yeux, je me rends compte que je suis allongé tout près de la carbie. La première chose qui s'offre à mon regard est la roue arrière gauche cerclée du pneu, exhalant ses relents de caoutchouc rance. Je réprime un vomissement, me redresse.

Tout de suite, je pense à ma Closie enfermée dans la valise. Péniblement, je me relève, me dirige vers le coffre. En le déverrouillant, je constate avec un soulagement énorme que l'objet n'a pas bougé. Je défais les lanières, fais basculer le couvercle de carton renforcé. Ma petite fille dort. Je respire mieux, à présent.

Une à une, toutes les images qui ont précédé mon évanouissement se reconstruisent. La mairie ; le vieil homme aux cheveux blancs se dédoublant à l'infini, jusqu'à la nausée. Je me tourne vers l'édifice. La grande porte de l'entrée est restée entrebâillée. De là où je me tiens, tout en refermant soigneusement le coffre, je remarque une forme ramassée sur le seuil, baignée d'une flaque noirâtre et coagulée. Le vrai maire de l'U-Zone.

Je dois repartir au plus vite.

La route dévide son long ruban. Tout autour, il n'y a rien. Mon ventre me brûle encore un peu ; ma bouche est pâteuse. Dans le rétroviseur, revient par intermittences le reflet instable de la mairie, et quelquefois, selon l'angle du trajet, je peux discerner, au loin, le portique immense et l'horizon barré des collines. Droit devant, toujours, la cité m'appelle, qui grossit à vue d'œil, découpant sur les lueurs orangées sa cascade de toits irréguliers.

La carbie ajuste son allure à l'intensité de la lumière ambiante. Jamais la nuit claire n'a autant ressemblé au jour ancien.

À Old York, comme dans le reste du monde occidental, elle s'assombrissait chaque année davantage.

Kean George s'apprêtait à déposer son brevet de réplication. J'avais vécu à ses côtés une belle aventure, mais elle ne m'intéressait plus. Secrètement, je l'avais rejoint pour donner vie à CloseLip, et maintenant qu'elle m'attendait chaque soir dans mon appartement, vêtue de sa robe de flanelle rouge et chaussée de ses petits mocassins blancs, je n'avais plus aucune raison de m'éterniser ici. Il faisait froid tous les jours ; l'Europe et l'Amérique tenant à la pérennité de leur précieux minerai, l'électricité produite par la combustion de ce même charbon ne servait qu'au confort visuel, la nuit venue ; autant dire tout le temps. Et j'en avais assez.

Beaucoup de citadins fuyaient désormais les agglomérations pour échapper à la brume noire, vidant les immeubles par centaines, sans rien emporter, parce qu'ils étaient bien trop pauvres pour cela. Tous croyaient naïvement que la nuit claire ne parviendrait jamais jusqu'à eux, où qu'ils se trouvent. Ils ont eu raison un ou deux ans. La plupart espéraient aussi que les villages dédiés les accueilleraient, au bout de leur voyage. Aucun ne semblait savoir que ces structures économiques étaient l'une après l'autre délaissées par des consortiums hâtivement reconvertis au charbon et à ses perspectives de rentabilité immédiate. Les migrants n'auraient pu l'apprendre nulle part de toute manière.

Les journaux satellitaires, vers trois heures du matin, la dernière plage horaire que l'on daignait leur octroyer, se bornaient à relater les décisions des Sénats du monde libre, comme ces cravatés soudoyés osaient toujours appeler l'Europe et l'Amérique. Le consortium pharmaceutique créateur de la DB avait fait faillite, parce que les pauvres ne voulaient plus de cette pilule ; il y avait eu assez de morts. Les peuples A à G, au Proche-Orient, se déclaraient la guerre à tour de rôle, un mois sur deux, dans l'indifférence générale ; la région ne renfermait aucune richesse carbonifère. La presse écrite, elle, était jugulée par les pouvoirs ; l'information réelle, ou ce qu'il en restait, avait donc retrouvé le chemin des rues.

-L'énergie solaire, malgré l'arrêt brusque des industries nucléaires jugées trop dangereuses, n'aurait jamais pu constituer un substitut viable. Le soleil était gratuit, et ne baignait durablement que les régions les plus pauvres du monde ; en l'état, la technologie de captation, peu efficace, aurait favorisé ces dernières, et ce renversement inévitable des rapports de force du Nord contre le Sud n'enthousiasmait personne. Quelques ordures avaient donc décidé que la Terre devait stagner en l'état, nourrissant le quart des êtres humains, affamant tous les autres.

Pourtant, CloseLip me disait « *Bonjour, papa* » lorsque je rentrais de ma journée de travail, et c'était tout ce qui comptait à mes yeux. Les migrants des plaines vivaient d'expédients, nombre d'entre eux rejoignaient tôt ou tard l'U-Zone. Moi, je toussais beaucoup et ne me plaignais pas. J'aidais ma Closie à parfaire les méandres grossiers de son intelligence artificielle, sans vraiment y parvenir. Je suivais aussi les cours de formation à la profession de porion, très recherchée aux premières heures de l'ère du charbon. J'allais partir.

Kean ne m'en a pas empêché. Comme à son habitude, il s'est contenté d'acquiescer et de me prodiguer quelques conseils le jour où nous nous sommes quittés sur le quai d'embarquement.

Ses yeux se mouillaient de larmes qu'il n'a jamais pleurées en ma présence. Et après m'avoir étreint longtemps, il m'a confié :

« J'ai quelque chose pour toi. C'est arrivé d'Europe ce matin. »

Puis il m'a tendu une lettre. En la prenant, j'ai frissonné. CloseLip était à mes côtés, répétant plusieurs fois :

« Il est beau le bateau papa. Il est beau le bateau. »

George avait souri.

« Elle fera des progrès, j'en suis sûr. Tu t'en occupes bien. »

Il se tenait toujours au pied de la passerelle, lorsque je l'ai salué une dernière fois de la main, depuis le pont supérieur du navire.

Debbie m'écrivait sa deuxième lettre.

Forrest,

Savanna Bay et moi sommes transférées en U-Zone, non loin de la Capitale. La raison importe peu. Ma haine est maintenant la plus forte. Ma haine envers tout ce qui nous a faits, toi, moi et les autres.

Je t'ai aussi oublié. Pour toujours. J'espère seulement vivre assez longtemps pour que ma fille puisse se débrouiller toute seule, quand il sera temps.

Ce monde crèvera de lui-même.

Debbie.

Je n'ai pas pleuré, dans ma cabine. CloseLip s'acharnait à rebondir sur le matelas poussiéreux de son petit lit en imitant de son mieux le rire d'un enfant. J'ai pensé que tout m'attirait encore à Debbie et que l'être sombre hanterait mes jours de nouveau, inévitablement.

Savanna Bay est maintenant âgée de dix-huit ans.

Il n'est jamais trop tard.

7

J'emprunte les rues aux courbes torturées. Les immeubles me cernent. Je roule toujours vers l'ouest.

Au sortir d'un carrefour, me forçant un passage entre des épaves d'automobiles, je longe un grand espace vide où des hommes, réunis sous la lueur pâle d'un réverbère, forment un cercle autour de deux individus armés de couteaux et de vieux filets.

Les spectateurs les encouragent en criant. Je vois le sang gicler sous les coups secs et répétés des armes blanches, j'assiste à la mort de l'un des combattants qui s'effondre, gorge tranchée. Les vivats redoublent, puis le vainqueur est porté en triomphe sur la place déserte. Personne ne me prête attention.

Après deux ou trois cents mètres, je débouche sur une artère plus large et repère tout de suite le bar situé à l'angle gauche. Je gare la carbie en travers de la rue, m'empare du Royster. Je n'ai pas à m'inquiéter.

La porte se referme sur moi automatiquement.

La plupart des clients se retournent, m'évaluent d'un regard froid. Je les ignore, parce que je veux m'assurer, depuis la baie vitrée, de la parfaite visibilité de ma voiture. Sa couleur mauve luit sous la lumière terne de la rue. Et cela me suffit.

Déjà, tous les habitués ont repris leurs activités. Je ne les intéresse plus.

« Hey ! toi ! »

Je me tourne vers celui qui vient de m'apostropher ; le patron de ce bouge à la curieuse odeur de pourri. Il campe derrière son comptoir, tablier blanc crasseux, tignasse filandreuse, corps musculeux.

« Ou tu consommes, ou tu dégages. »

Je m'approche, m'accoude au bois rongé.

« Une bière de coupe.

— Je vends pas de bière.

— Alors, ce que vous avez.

— Je vais pas faire le choix à ta place, bougre de connard. »

Je hasarde un œil sur la rangée de bouteilles placée derrière lui, à mi-hauteur du miroir.

« Une tequila glacée-frappée.

— Je frappe pas, je glace pas, grogne-t-il.

— Alors une tequila simple. »

Le porc renifle du groin, dégage un verre de son bac débordant de rinçure, le pose à regret sur le comptoir pour le remplir d'alcool au quart seulement, puis me crache :

« Cinquante euros. »

Je ne discute pas. Étale un billet de cinquante à

côté du verre. Il s'en saisit immédiatement, tout en me disant :

« Tu bois ton putain de verre et tu décarres.

— Non. »

Je vérifie que personne ne rôde autour de la carbie, puis reviens sur mon porc.

« J'aurais besoin de deux ou trois renseignements, et de rien d'autre. »

Il me décoche un sourire hideux, dents jaunies tachetées de noir.

« Va te faire foutre.

— Pas ce soir. Ma monnaie, s'il vous plaît.

— Tu m'as donné l'appoint.

— Je ne crois pas.

— Non ? Sans blague ? »

Le porc éclate de rire, puis lance à l'intention de ses clients :

« Hey ! les gars ! Ce tocard voudrait me faire croire qu'il... »

Il s'écroule derrière le comptoir, le crâne soufflé par le tir. Je braque le Royster sur l'assistance. Calmement.

« Je voulais qu'il nous quitte sur une note positive. Dommage qu'il n'ait pas pu la finir.

— Qui c'est ce gars-là ? » s'écrie un chapeauté.

Ce sont ses derniers mots. Il tombe à son tour, atteint en plein ventre, au pied de la table où il semblait disputer une partie de cartes avec trois autres.

Tout le monde se fige. Certains reculent contre le mur opposé, d'autres gardent leurs yeux rivés sur mon arme

« Qui c'est ce gars-là ? Où c'est ? Qui c'est qui ? De la syntaxe, messieurs. »

J'en abats un troisième resté assis près de la porte des toilettes.

« Celui-là, parce qu'il n'avait rien dit. »

Le quatrième s'effondre dans le fond de la salle, main plaquée sur le haut de la cuisse, où son propre Royster attendait.

« Celui-ci, parce qu'il manquait de discernement. »

Les traits de leurs visages se liquéfient. Un silence d'une pesanteur abominable plombe l'espace, accable les quatre cadavres et tous les autres encore debout.

Je demande alors :

« Quelqu'un d'autre pour ajouter quelque chose ? »

Puis je m'adresse à l'homme le plus proche de la sortie. C'est un barbu de petite taille, yeux exorbités, lèvres pendantes.

« Toi, tu surveilles la carbie mauve qui est dehors. »

Deux secondes s'écoulent. Une sale éternité pour lui. Je le tue d'une balle près du cœur. Le barbu s'affaisse, glisse contre la vitre de l'entrée et finit par se tasser en travers de la porte.

Je lance à tous les survivants qui ne sont plus qu'une misérable douzaine :

« Pourquoi n'a-t-il pas fait *tout de suite* ce que je lui demandais ? »

Personne n'a de réponse à cette question. Je vis ma folie avec langueur et détachement

J'entends un autre chapeauté marmonner :

« Vous nou... Qu'est-ce que vous nous voulez ?

— Non, fais-je, tu as une seconde et dernière chance de formuler ta question correctement.

— Que... que nous voulez-vous ?

— Voilà qui est mieux. Je veux juste quelques renseignements. »

Je vise la gueule effarée du chapeauté. La mouche de Donovan se sentirait tellement bien, ici, au milieu de ce calme propice à la Mort. Je décoche mon sixième tir. Le chapeau roule en cercle sur le sol poussiéreux. Quelques gorges se serrent davantage. Des mains se crispent sur le dossier des chaises.

« Quant à lui, il n'avait droit qu'à une seule question. Puis-je maintenant poser les miennes ? Puisqu'en bon être humain que je suis, ce sont les seules qui m'intéressent. »

Deux ou trois clients acquiescent du bout des lèvres. Tous m'écoutent religieusement.

« Je cherche un certain Bartolbi. Quelqu'un parmi vous en a entendu parler ?

— Oui, fait un chauve en retrait du cadavre barbu.

— Parfait. »

L'homme mort rejoint les six cadavres et leur sang poisseux.

« Il savait peut-être, mais d'autres aussi, non ? »

Aucun des neuf restants ne prend le risque de se manifester. Leur regard terrifié me dit qu'ils n'ont de toute façon aucune chance d'en réchapper et qu'ils préfèrent mourir le plus vite possible.

J'étais lâche, la Folie m'a depuis façonné à son aune. Je peux reconnaître parmi ces cibles humaines celui que j'ai été. Un grand maigre réfugié contre le mur du fond, paralysé de peur, sourire implorant sur ses lèvres tordues. Je l'apostrophe :

« Où est Bartolbi ?

— En république des singes, ânonne l'asperge.

— Quoi ?

— En république des singes. Ne me demande pas pourquoi ça s'appelle comme ça. J'en sais foutre rien.

— Et qu'est-ce que ça recouvre, au juste ?

— Tu trouveras ce fêlé dans le... dans le quartier des macaques. Ta carbie est pointée dans la bonne direction. Nord-ouest. »

Il s'agite, soudain.

« Putain, mec ! Tu as flingue des types qui ne relevaient que de délits mineurs. Vol à la tire, cambriolages simples.

— Et la bande de cinglés que j'ai croisés à deux pas d'ici et qui s'égorgeaient, c'en était aussi ?

— Oui et non. Il y en a qui ne savent même plus quoi foutre. L'U-Zone rend dingue, mec.

— Oui. Cela, je le sais, maintenant. Comme je sais que je n'ai plus le choix. »

Je tire froidement une salve qui fauche huit hommes l'un après l'autre. Le grand maigre, toujours vivant, contemple le massacre, horrifié.

« Mais qu'est-ce qui te prend ?

— Rien. Je m'appelle Forrest Pennbaker. Personne n'osera me défier. Je suis habité. »

Le seul survivant de mon carnage secoue la tête, complètement ahuri.

« T'es dingue. Complètement dingue.

— Oui. Je le sais. »

Puis, très lentement, je dirige mon regard vers l'extérieur. La carbie mauve continue de luire dans la lumière spectrale de la rue déserte.

J'ignore tout de la république des singes.

8

Je fonce dans la nuit claire. Les pulsations orangées, au loin, semblent répondre à mon voyage au bout de l'horreur. Mais je m'en moque. J'ai tué, je tuerai encore, jusqu'à ce que je la retrouve. Et puis, la présence sourde de l'être sombre remonte peu à peu du plus profond de ma solitude. Il m'accompagne, me dit que j'agis dans le respect intact de ma démence. Le visage difforme, troué de ses deux yeux noirs, me souffle les mots de l'oubli, ceux que ma mère aurait pu prononcer si elle avait été encore là.

À la descente du bateau, j'avais regardé le port noyé d'obscurité. CloseLip ne parlait pas. Derrière nous, l'océan se perdait dans les limbes indistinctes d'un temps achevé. Il était l'heure pour moi de m'enfoncer au cœur des galeries. CorneyGround ferait l'affaire.

CloseLip tirait sur la manche de mon pardessus. J'ai croisé son regard avec toute l'affection dont je pouvais être capable.

« Papa. »

Elle m'appelait papa le plus souvent, ce qui ne signifiait rien. J'étais pourtant heureux qu'elle soit à mes côtés.

Je lui ai dit, d'une voix aimante :

« Tu voudrais aller faire un tour à Taney ?

— Oui papa je voudrais et toi. »

Elle ne ponctuait pas ses phrases comme je l'aurais espéré ; je persistais encore à croire qu'elle accomplirait des progrès, les mois aidant. Alors, je lui ai souri. Tendrement.

Quand nous sommes arrivés à Taney, j'ai reconnu les deux collines, les toits rouges du village, et l'étendue calme du Langkor dans le prolongement de la vallée. En me promenant dans les rues avec ma fille, j'ai compris que tous les habitants s'étaient enfuis. Nous avons marché, nos pas me ramenant irrésistiblement au seuil de notre maison.

Je n'ai pas eu le courage d'y entrer. J'ai préféré la contempler depuis le chemin qui la longeait jusqu'au lac. CloseLip sautillait autour de moi, taquine ; parfois, elle parcourait quelques mètres sur le sentier et j'imaginais que Rose-Anne, de retour de sa balade près du Langkor, l'accueillait en lui tendant les bras. Julius restait à l'intérieur de la maison, assis dans son fauteuil, contre le mur qui le séparait de ma chambre. Et moi, je l'entendais m'appeler. J'arrivais à temps. Là-bas, flottant au-dessus de la brume noire qui avait tout recouvert, la colline des morts veillait les fantômes, en compagnie de ce mont chauve que je n'escaladerais plus jamais.

Nous avons rebroussé chemin. Un court instant, à l'aplomb d'une vieille demeure délabrée, j'ai demandé à CloseLip de m'attendre là, le temps que je puisse récupérer ce que secrètement j'étais venu chercher. Puis, enfin, nous sommes partis sur les pentes de la colline des morts. Parvenus au sommet, j'ai essuyé quelques larmes en découvrant les briques noircies du cimetière. Elles n'étaient ni rouges, ni jaunes.

J'ai emmené CloseLip jusqu'aux tombes, lui ai signifié que nous n'irions pas plus loin. La sépulture de mes parents nous faisait face, recouverte d'une cendre qui brouillait les mots gravés sur la stèle. Moi, je savais ce qu'ils disaient.

Rose-Anne Blom, épouse Pennbaker
Julius Pennbaker

Le médaillon de Julius avait rejoint celui de ma mère. Mais leurs deux visages disparaissaient sous la poudre noire, et j'ai seulement songé que c'était tout aussi bien. CloseLip éprouvait peut-être le même sentiment d'ennui qu'enfant j'avais vécu, lorsque mon père me traînait jusqu'ici. J'ai regardé le ciel ; il ne pleuvrait pas.

Taney ne ressemblait ainsi plus à rien. Closie ne verrait jamais le regard si noir et lumineux de ma mère. Ne saurait rien de mon père. À un moment, malgré tout, et parce que je ne pouvais m'en empêcher, je me suis retourné pour suivre des yeux la descente abrupte vers la vallée. Le Langkor reposait, cerné par ses grands arbres. Le Langkor que je tenais loin de tous mes souvenirs.

Je voulais croire qu'il m'avait oublié.

L'appartement froid que m'avait affecté la direction de CorneyGround convenait à mon errance. Chaque matin, CloseLip s'attablait dans la cuisine et attendait la fin de ma toilette. Ma peau prenait la teinte d'une orange blême, douche après douche, et j'avais renoncé à me frictionner trop durement pour espérer l'effacer.

« Tu es tout propre papa. »

Closie se contentait de répéter ce que je lui avais appris. Je buvais mon café au goût de sel ; nous ne nous disions rien. De temps à autre, l'épaule de ma fille se déboîtait d'elle-même. Je la remettais en place. Puis, j'endossais mon manteau et partais pour la mine. Sur le pas de la porte, juste avant de prendre congé, je voyais CloseLip rejoindre le sofa du salon pour s'y installer. Elle attendait déjà mon retour, lèvres fermées, yeux grands ouverts, les deux mains posées sur ses jambes, immobile et sage dans sa robe de flanelle rouge et ses petits mocassins blancs.

Humphrey prospectait avec son flaireur au neuvième niveau. Cinq veines seraient creusées et étançonnées au cours des dix années suivantes, et l'être sombre suivrait notre descente en Enfer, palier après palier. Je l'ai su le jour où il m'est réapparu.

C'était sous la lueur olivâtre d'un fanal, dans la veine de prospection a3. J'ai d'abord senti sa puanteur avant d'apercevoir le visage vide et le corps gluant. Et j'ai compris, à ce moment précis, que toutes mes douleurs s'ajouteraient à cette peur qui ne m'avait jamais vraiment quitté.

Il m'a simplement dit, en empruntant la voix de ma mère :

« N'oublie pas la profondeur des tombes. Il sera bientôt temps. »

Et ce temps va venir.

Il y a l'image d'un immeuble décrépit posé à l'angle de deux rues. Près de l'entrée, un homme étrille son cheval. Je suis sûrement arrivé en république des singes.

Je sors de la carbie, sur mes gardes. J'ignore pourquoi quelqu'un s'évertue à brosser un animal en pleine ville, et je ne tiens pas à le savoir.

L'homme me laisse approcher, poursuit sa besogne. À deux pas de lui tout juste, je me rends compte que l'animal est édenté et qu'il promène sur les alentours un regard vide et vitreux. Efflanqué, fatigué de la vie, il rêve d'en finir. Je le lis dans son esprit : *Aidez-moi à quitter cette Terre que je n'ai jamais comprise.*

« Oui, c'est pour quoi ? » s'enquiert l'individu au corps rondouillard.

Une large cicatrice strie toute sa joue gauche. L'ancienne trace de la lame affûtée d'un couteau, probablement.

« Je suis en république des singes, fais-je, détaché.

— Et qu'est-ce que tu veux que ça me foute ? »

Il m'examine d'une manière plus soutenue, tout en continuant de nettoyer sa bête.

« T'es qui, toi ? T'as l'air d'un touriste. C'est ça ?

— C'est ce que je suis plus ou moins. Il n'y a pas une demi-heure, je me suis arrêté dans un bar. Il m'a fallu tuer la vingtaine de soiffards qui y pourrissaient, épargner le dernier pour qu'il puisse répéter au reste de l'U-Zone mon nom et mon prénom. Forrest Pennbaker.

— Don Bolaert. »

Je lui rétorque, mauvais :

« Et qu'est-ce que vous voulez que ça me foute ?

— Rien. Tu ne m'impressionnes pas. Des cinglés dans ton genre, j'en croise tous les jours dans ce quartier.

— Le quartier des macaques ?

— Ouais, c'est comme ça qu'on l'appelle. »

Le cheval s'ébroue, brusquement. Le balafré flatte sa croupe pour le rassurer.

« Calme, Alezan, calme ! »

Puis, s'adressant à moi :

« Recule, espèce d'abruti. Tu l'effraies. Et puis... »

Je secoue la tête, répugné.

« Non. Il en a simplement marre de se faire étriller à longueur de journée. Il veut mourir.

— Vraiment ?

— Je le sais. Je l'ai *imaginé*. Vous êtes un compulsif.

— Et toi, tu commences à m'emmerder. »

Bolaert s'est arrêté de brosser. Je perçois un infime mouvement de son torse vers l'avant ; il est protégé par le corps du cheval. Je m'enquiers, serein :

« Bolaert, qu'est-ce que tu t'apprêtes à faire, là ?

— À ton avis, Pennbaker ?

— Renonce, c'est un conseil. »

Je dégaine mon Royster en le pointant à dix centimètres à peine du ventre de son canasson galeux. Bolaert se fige instantanément.

« Non, arrête. Pas le cheval.

— Je n'en avais pas vraiment l'intention. Réponds juste à deux ou trois questions, c'est tout. »

L'homme se redresse aussitôt, s'appuyant de ses bras sur l'échine du cheval.

« Vas-y.

— Bartolbi ? »

Il écarquille des yeux ronds de surprise.

« C'est ce dérangé que tu cherches ?

— Pourquoi dérangé ?

— Bartolbi est un fou dangereux qui élève des hyènes. Plusieurs types sont déjà morts complètement déchiquetés par ses saloperies. Qui t'envoie ?

— Aucune importance. Où puis-je le trouver ?

— Il s'est établi sur le terrain vague, derrière ce paquet d'immeubles que tu vois là. »

Il me désigne un ensemble de bâtiments plutôt imposants, nimbés de leur brume grise.

« Et si ton renseignement était foireux, Bolaert ?

— Eh bien, dans ce cas, reviens jusqu'ici et flingue mon cheval. T'en crèves d'envie.

— Si j'y suis obligé, je ne le ferai que pour son bien.

— Ça va de soi, pauvre taré. »

Le balafré me sourit, maintenant. Et je ne m'explique pas pourquoi. Une dernière question me vient à l'esprit.

« Au fait, pourquoi ce nom de république des singes ?

— La réponse se trouve juste derrière toi. »

Je reste incrédule un court instant. Puis, intrigué par son sourire étrange qui ne veut pas s'effacer, je pivote. Lentement.

Le macaque, perché sur le toit de la carbie, nous observe, gueule ouverte sur une rangée de dents pointues. Pelage brun et fourni, les membres effilés, corps souple, il nous nargue. Voilà pourquoi Alezan s'était agité.

J'entends Bolaert chuchoter .

« Ne bouge surtout pas. »

Instinctivement, je lui obéis. Je devine, au son de sa voix, qu'il ne plaisante pas. Le singe, lui, attend quelque chose, je le jurerais. Et le balafré continue, comme s'il m'avait rejoint en pensée.

« Pour le moment, il est seul. Mais ils vont tous rappliquer. Les frères et sœurs, cousins, grands-parents ou alliés de circonstance. Ces putains de saloperies débarquent par centaines et massacrent tout ce qui se trouve sur leur chemin. Ne bouge surtout pas. Notre seule chance, c'est de rester immobiles. »

Je tiens toujours le macaque dans le prolongement de ma ligne de mire. Cette boule de poils s'en moque. De temps à autre, il remue la gueule, inspecte l'arête du toit le plus proche, toise le cheval qui ne bronche pas plus que son maître, ramène ses yeux brillants sur moi.

Cinq ou six secondes interminables s'écoulent ainsi, noyées d'un silence total. Puis, d'un seul coup, le macaque pousse un cri strident.

« Les voilà » souffle Bolaert.

La horde surgit, précédée du grondement des foulées sur le bitume. Elle s'avance au pas de charge, du fond de la rue qui nous fait face. Je ne peux pas les compter.

« C'est le clan de Crête Dorée, poursuit Bolaert. Ils sont au moins cent cinquante. »

Courant à une vitesse inouïe, pieds et mains en relais, ils fondent sur nous.

« Tant que l'éclaireur n'est pas descendu de la carbie, on ne craint rien. Doux, mon Alezan, Doux. »

La voix lointaine de Bolaert se mélange à un rêve. Je ne comprends pas.

La meute bruyante se rapproche, stoppe à l'aplomb de la carbie. Ils se répondent en hurlant, le vacarme est effroyable. Crête Dorée. Mes yeux se sont arrêtés sur ce macaque plus imposant que les autres, et la raie crémeuse qui parcourt son échine.

J'essaie de réfléchir à la seule façon de m'en sortir vivant. Mais ils sont trop nombreux. J'aurais à peine le temps d'en tuer sept ou huit avant que tous les autres ne donnent l'assaut.

Je m'entends murmurer :

« Je peux le tuer. S'il tombe, les autres se disperseront.

— Trop risqué. Le mâle dominant le sentira et..

— Non. Non. Je peux *imaginer.* »

Crête Dorée a saisi mon intention. Il contourne les derniers rangs de la meute sur la gauche, entouré par trois mâles à ses ordres. Les hurlements assourdissants redoublent. Tous les singes gesticulent pour couvrir le mouvement de repli de leur chef, le brouiller au milieu du grouillement incessant. L'éclaireur bondit brusquement du toit de la voiture, en réponse au signal que lui a adressé son Maître.

Le temps ralentit. Mes perceptions vivent jusqu'à la plus infime partie d'une seconde. Je vise. Tire. La gueule du macaque explose à un mètre au-dessus de moi. Il y a du rouge, du blanc sale, qui s'épanouissent en une gerbe d'humeurs infinie. L'animal suspend son court vol, corps pétrifié au creux des airs, puis se désarticule pour venir s'écraser d'un bruit sourd sur le parterre.

Les trois mâles sautent sur le toit. Ils encadrent Crête Dorée. Ce dernier pensait que l'éclaireur saurait m'occuper en attendant le propre renfort du trio. C'est sa seule erreur.

Le temps n'existe plus. Les trois corps se figent dans leur saut. Ils sont comme des jouets suspendus aux fils invisibles de mon néant. Je tue les deux premiers l'un après l'autre. Je dispose d'une éternité raisonnable pour cela.

Crête Dorée bondit dans la foulée. Il prend appui sur ses puissantes pattes arrière au moment précis où je décoche mon quatrième tir. Mais il est de toute façon beaucoup trop tard.

Le cri du chef de la meute s'étire jusqu'aux confins de l'univers. Les quatre cadavres gisent à mes pieds.

Le temps redémarre. Quatre secondes tout juste se sont écoulées. Je vois le reste du clan s'enfuir vers le fond de la rue déserte, gueules basses et muettes. En retrait, Bolaert apaise son cheval apeuré.

« Calme, c'est fini, Alezan. »

Puis me demande :

« Comment tu as fait ça ? »

Alors, je lui fais face et lui confie, en maître indicible de mes émotions :

« Question sans objet. Et je reviendrai tuer ton cheval si tu m'as menti. »

Il semble persuadé du contraire.

9

J'entre sur le terrain vague jonché d'ordures. La terre gondole par endroits, comme une mer arrêtée. La bicoque est plantée au centre. Derrière, je repère l'enclos où des formes incertaines s'agitent dans la pénombre.

Le moteur de la carbie est coupé. Rien n'a de réelle existence, sinon mon corps, mon visage qui ressent la fraîcheur, mes lèvres entrouvertes.

Je descends de la voiture, referme la portière négligemment, puis gagne l'entrée de la cabane de bois. En frappant le battant de trois coups brefs, je pense que ce Bartolbi est vraiment dingue. Et intouchable. Par la seule peur qu'il doit inspirer. Je connais cela, maintenant.

Des pas résonnent de l'autre côté de la paroi, la porte pivote sur ses gonds et Bartolbi se présente face à moi, grand et maigre, regard halluciné, lèvre supérieure barrée d'une fine moustache. Vêtu d'un pantalon sale, d'un chandail troué aux épaules, il dégage une puanteur de rance et de fauve mêlés.

« Pennbaker ? Forrest Pennbaker ? »

La voix, métallique, ne dépare pas l'ensemble.

Cet homme ne pourrait même pas prétendre à un séjour durable en Enfer. Parce qu'il en revient.

« Bartolbi, je présume.

— Entre. »

Une seule pièce couvre la superficie entière de la bicoque. L'angle gauche est occupé par une paillasse mitée répandue sur le sol terreux. Au milieu, errent deux chaises et une table de bois. Dans le fond, sont relégués, côté lit, les latrines dissimulées par quatre planches sommaires dont l'une fait office d'ouverture, et, à gauche, le lavabo ficelé de guingois contre le mur. Il n'y a pas de coin cuisine.

« Assieds-toi » m'enjoint-il.

Je choisis le siège le moins crasseux, évite de toucher le plateau collant de la table. Bartolbi s'installe aussi, me regarde plus attentivement.

« Je croyais que tu n'arriverais jamais jusqu'ici.

— C'est ce que je croyais également. Comment m'avez-vous reconnu ?

— Il n'y a qu'un suicidaire ou un inconscient pour venir frapper à ma porte. Les autres ne s'y risqueraient pas.

— Le bois ?

— Pas un seul de ces trous-du-cul n'a encore osé démonter ma bicoque. Mes chéries veillent. »

Je fronce les sourcils, incrédule.

« Mes hyènes, précise-t-il, avec une lueur de folie pure au fond des yeux.

— Lorkraft m'avait dit que vous pourriez nous fournir un flaireur digne de ce nom. Mais une hyène... ?

— Tu n'en es pas convaincu, hein ? Tu as tort :

soixante kilomètres heure à la course, quatre-vingts centimètres au garrot, pour un poids dépassant les soixante-dix kilos, dotées d'un flair surdéveloppé, ces charmantes bestioles peuvent avaler un quart de leur poids en un seul repas, avec une tonne de pression au centimètre carré pour les mâchoires. C'est surtout à cause de cela qu'elles sont redoutées.

— Humphrey, notre escorteur, a été quelques fois secondé par des animaux dotés d'un bon nez, ça n'a pas empêché ces flaireurs de seconde zone de crever comme tous les autres.

— Non, ce que je fournis, ce n'est pas du bourrin nourri au grain et élevé sous éclairage artificiel. J'habitue mes chéries aux conditions de vie les plus difficiles. Obscurité, touffeur, air sec, malnutrition. Lorkraft m'a commandé un flaireur, j'ai dressé un flaireur. Une femelle. Elles sont plus coriaces que les mâles — ça tient à l'organisation matriarcale de leur société.

— Dans ce cas, Humphrey finira en charpie.

— Je n'ai pas conditionné cette bête à tuer, mais à flairer le charbon. Et crois-moi, elle le fait à la perfection.

— Peut-être, fais-je en haussant les épaules. Le seul problème... »

Je laisse ma phrase en suspens. Bartolbi me relance :

« Quel problème ?

— Je change les termes du contrat. Ramener une hyène à CorneyGround ne m'intéresse plus.

— En clair ?

— Deux mille euros pour la bête, et le reste me regarde.

— Dis-moi, tu as tué combien de types pour arriver jusque-là ?

— Plusieurs. Je n'ai plus envie de les compter.

— Remarque, susurre Bartolbi en s'agitant sur sa chaise, tu fais de ta putain de vie ce que tu veux, je m'en contrefous. Cela dit... »

Il n'achève pas, se lève brusquement pour rejoindre le lavabo, tire de l'eau vaseuse une bouteille et deux verres dégoulinants, revient s'attabler.

« Ça ne m'oblige pas plus à respecter le marché tel que je l'ai conclu avec Lorkraft. »

Il me sert sa mixture infâme à la couleur vaguement merdeuse, remplit son propre verre pour le boire cul sec. Je préfère ne pas toucher au mien. Bartolbi enchaîne, essuyant sa bouche d'un revers de manche :

« Si tu t'es servi de ce peigne-cul de Lorkraft pour me rencontrer, je suis contraint de reconsidérer la perspective de notre affaire. J'en suis sincèrement navré.

— Deux mille euros pour ta meilleure bête, Bartolbi. »

Il secoue la tête, presque amusé. Ses yeux fous luisent dans la pénombre.

« Ma plus belle hyène vaut beaucoup plus que ça, tocard. On ne se sépare pas d'un bijou sans exiger quelques garanties. Si c'est deux mille euros que tu as à m'offrir, tu peux te les garder.

— Et qui me prouve que tes *chéries* n'ont pas le flair dénaturé ?

— Tu voudrais comparer mes filles à des saletés de chiens pourris ? C'est que tu n'as aucune idée de ce qu'elles sont capables de faire, je parierais mes couilles là-dessus. D'ailleurs, on va s'amuser un peu, Pennbaker. »

Bartolbi se penche sur le parterre pour ramasser un simple caillou, se lève et défait son pantalon qu'il laisse tomber sur les chevilles, m'imposant la vue d'un pénis rabougri enfoui dans ses poils gris, au-dessus de deux testicules flétris. L'odeur est carrément immonde.

« Regarde. »

Il plonge sa main derrière lui, dans la raie fessière, frottant la pierre autour de l'anus une longue minute, une face après l'autre. Puis, estimant avoir suffisamment imprégné l'objet, se rhabille et va rincer abondamment sa relique puante avec l'eau du lavabo. Regagne enfin la table, y pose le caillou et me dit :

« Pisse dessus, à présent. »

J'hésite un très court instant. Si la perspective d'uriner dans le taudis de ce cinglé ne me dérange aucunement, je n'ose pas saisir la pierre de mes doigts. Alors, je la pousse jusqu'au bord du plateau en m'aidant de la manche de mon manteau, me défroque et la compisse sur le bout de sol où elle est tombée.

« Parfait », me dit Bartolbi.

Il botte le caillou loin de l'urine que la terre boit déjà consciencieusement, le fait rouler sous la semelle gauche plusieurs fois, d'avant en arrière, pour le barbouiller de poussière.

« Ne bouge plus, m'ordonne-t-il pour terminer. Je vais t'apporter la preuve que Bartolbi ne se moque jamais de ses clients. »

Et il sort.

Je perçois quelques bruits, au-dehors. La porte de l'enclos qui grince, les couinements d'une ou deux hyènes. Après une série de pas étouffés derrière le mur gauche de la bicoque, l'halluciné réapparaît bientôt sur le seuil, accompagné de son animal. Je me tends, tout à coup. La hyène tachetée me fixe de ses yeux malins et précis. Elle me sourit de tous ses crocs ; son odeur de fauve se mélange à la puanteur nauséeuse de Bartolbi.

« Viens, ma belle » l'encourage-t-il.

La robe piquetée de noir me frôle les jambes. Je ne me sens pas du tout rassuré.

« Renifle, Sarah. Montre à ce tocard ce que tu sais faire. »

L'animal flaire le caillou, pousse quelques gémissements, tend sa gueule dans l'air, puis saute sur moi en plaquant ses pattes avant au-dessus de mes genoux. J'entends le sang battre mes tempes. La hyène caresse de son museau mon sexe, geint encore.

Je bredouille, au bord de l'évanouissement, front ruisselant de sueur :

« Bartolbi... dis à cette saleté de...

— Laisse faire, tu n'as rien à craindre. Et profite plutôt du spectacle. »

La hyène s'écarte, puis gagne en deux foulées le

lavabo, hume le fumet saumâtre de l'eau croupie, revient au pied de son maître pour lui renifler le postérieur, s'arrête enfin.

« Bien, ma Sarah, tu es la meilleure ! »

J'articule, d'une voix faible :

« Pourquoi tout ce cirque ?

— Elle a fait le chemin des odeurs à l'envers et les a retrouvées l'une après l'autre, malgré tout le foin que j'ai fait pour les brouiller. Je suis prêt à te vendre Sarah, Pennbaker, mais en échange de quelque chose à la hauteur de son talent.

— J'ai besoin de boire.

— Ne te gêne pas. Tu n'as pas encore touché à ton verre. »

Mon dégoût me crie de m'abstenir, mais ma gorge est trop sèche. J'ai l'impression sinistre de m'étioler. Le verre rempli de son liquide abject n'attend que moi.

Je m'en saisis, bois. Le goût est quelconque, presque fadasse. Bartolbi commente à mon intention :

« De l'urine de hyène coupée de vodka de contrebande. C'est bourré de qualités astringentes. »

Ce dingue ne ment pas. Je sue moins, d'un seul coup. Passablement revigoré, je lui confie :

« J'ai beaucoup mieux à te proposer. »

La folie m'enserre pour de bon.

« Et quoi ? me demande Bartolbi, méfiant.

— Suis-moi. Sans la hyène, s'il te plaît. »

Il hoche la tête, conciliant.

« Reste là, Sarah. Papa revient tout de suite. »

Son carnassier, docile, se couche sur la terre.

Nous ressortons tous les deux, nous dirigeons vers la carbie. Devant le coffre, je m'immobilise, parfaitement conscient de ce que je suis en train de faire.

Mon moustachu grogne :

« Qu'est-ce qu'il y a là-dedans ? »

J'ouvre, observe Bartolbi qui reluque la valise, perplexe. Puis, je défais les lanières et soulève le couvercle. CloseLip est toujours endormie.

« Hey ! dit Bartolbi, regard graveleux.

— C'est un réplicant prototype.

— De l'époque antérieure aux clones ?

— Oui. Le brevet était déposé, la fabrication à grande échelle sur le point d'être amorcée, mais les lois autorisant le clonage libre ont définitivement enterré cette technologie. Les réplicants sont très rares. Ils constituent même pour certains huppés de la haute des pièces de collection recherchées.

— Ouais, acquiesce Bartolbi en inspectant CloseLip. Elle m'a l'air tout de même mal en point.

— Il ne devrait pas être trop difficile de mettre la main sur un bricoleur de génie, en U-Zone.

— Peut-être. »

Bartolbi réfléchit, pourtant, ne parvenant pas à se décider.

Je demande, impatient :

« Qu'est-ce qui te tracasse ?

— Un bricoleur compétent, ça se paie. Et je peux le payer qu'avec une hyène. Et si les filles sortent de chez moi, je ne serai plus tranquille. »

Il se masse le menton, songeur, dit encore :

« En même temps, pourquoi pas ? »

J'ignore ce que prépare l'esprit tordu de Bartolbi. Je désire seulement repartir avec une hyène qui m'aidera à retrouver la trace de Savanna Bay. Le monde entier peut bien s'effondrer tout autour de moi ; je chuterai le dernier.

Nous n'avons plus grand-chose à nous dire, désormais, hormis les recommandations d'usage que tout acheteur attend de son vendeur. Je referme la valise, la pose sur le sol, à côté de la carbie, pendant que Bartolbi me ramène sa fille.

Nous procédons ainsi à l'échange.

10

La carbie mauve tient son allure. La nuit claire commence à décliner. Parfois, au gré de mon trajet, j'aperçois les lueurs orangées qui pulsent par-delà les toits des immeubles sombres. La voix de Bartolbi résonne encore dans un coin abîmé de mon esprit. « *Ne t'inquiète pas pour la nourriture. Les hyènes mangent n'importe quoi.*

— Et moi, je ne risque rien ?

— Non. Tant que tu ne saigneras pas. »

Je jette un œil dans le miroir du rétroviseur. Sarah, puante et immobile, contemple la route éclairée par les phares. Elle est bien installée ; j'ai rabattu les sièges arrière, installé une couverture à son intention. Le moteur ronronne, je me sens terriblement seul. Il faudrait que je m'arrête assez vite. Je crains de partir à l'opposé de l'endroit où ma fille s'est peut-être réfugiée.

Un square apparaît bientôt dans le prolongement d'une rue. Je décide de me garer contre le trottoir qui le délimite. Une fois dehors, ouvrant le hayon du coffre, j'enjoins la hyène à quitter la carbie. Elle m'obéit sans opposer la moindre résistance. D'un bond souple, Sarah se retrouve sur le bitume.

Elle me gratifie de son sourire affreux, improbable, renifle le bas de mon pantalon, sûrement pour se familiariser avec mes propres odeurs. J'attends qu'elle en termine, puis je lui présente le petit foulard rose et jaune, que j'ai tiré de la poche intérieure du manteau. Elle en approche son museau, délicatement, flaire à plusieurs reprises, yeux mi-clos, échine tendue. Ce dingue de Bartolbi a fait de chacune de ses bêtes des gros chiens surentraînés et laids à faire peur.

« Tu as senti, Sarah ? Cherche. Donne-moi la direction. »

Elle pousse un long couinement, hume l'air tout autour, pendant que j'examine le foulard.

Les souvenirs s'égrènent. CloseLip attendant mon retour au bord du sentier. Moi, pénétrant dans la maison qui avait abrité Debbie et ses parents.

Je me rappelle les pièces vides dans lesquelles j'errais, leur remugle âcre et persistant. Je songeais que jamais en dix-huit ans de vie à Taney je n'étais venu chez les Marshall. En visitant une chambre, celle de Debbie, sûrement, j'ai remarqué le placard mural et son battant fermé. Je l'ai fait coulisser. Sur la tringle où traînait encore un cintre rongé de rouille, le foulard pendait, oublié. Je m'en suis saisi, l'ai secoué pour le débarrasser de sa poussière.

J'aimais peut-être encore Debbie. Je suis sûr que je ne l'aime plus. Mon cauchemar a tout emporté.

Sarah geint de nouveau. Je replonge dans l'instant, pour m'apercevoir qu'elle n'est plus à proximité de la carbie. J'inspecte les environs et la vois plantée de l'autre côté du square, gueule tournée vers le plein ouest. Elle trépigne, voudrait se mettre en chasse maintenant. J'ai faim, ressens une profonde fatigue. Dormir, seulement dormir. Rien qu'une heure ou deux.

« Hey ! Vous êtes Pennbaker ? »

Un homme, derrière moi, que je n'ai pas entendu arriver. Je range précipitamment le foulard dans la poche intérieure, dirige l'autre main sur le Royster. Me retourne et dégaine.

« Tu es qui, toi ?

— Hey ! du calme » fait le jeune homme en levant les bras.

Traits d'adolescent attardé, plutôt petit, loqueteux, il ne peut pas détacher son regard du canon de mon arme.

Je grommelle :

« Pourquoi tu viens m'emmerder ?

— Je vous ai vu arriver avec votre carbie, et quand vous êtes descendu, je me suis dit que vous correspondiez tout à fait.

— À quoi ?

— À la description faite par le type du bar. Celui que vous avez laissé en vie.

— Sarah ! »

La hyène rebrousse chemin à petites foulées, gueule dodelinant de droite et de gauche, et revient à mes pieds. Elle s'assied aussitôt sur son postérieur, gémissant un peu.

L'homme acquiesce, complice.

« L'élevage de Bartolbi, hein ?
— Tu es trop curieux.
— Ça se reconnaît juste à la puanteur et à la qualité du dressage, c'est tout.
— Dégage.
— Je voulais voir à quoi vous ressemblez. Je suis sincèrement admiratif, vous savez.
— Admiratif de quoi, pauvre taré ?
— De ce que vous avez fait dans le bar. Moi, c'est Johnson. »

Je me masse le front, exténué, tout à coup.

« Fous le camp. J'en ai assez entendu. »

Le loqueteux baisse les bras, insensiblement.

« Vous n'avez pas l'air bien. Vous avez peut-être faim, non ? »

Je croise son regard.

« Et tu aurais quoi à manger ?
— Du macaque. »

Tout est normal.

« Il en faudrait aussi pour Sarah.
— J'ai tout ce qu'il vous faut. C'est à deux pas, derrière le square. Vous pouvez laisser votre carbie ici, elle ne risque rien.
— Je sais.
— Alors, on y va ? » me demande-t-il, enjoué.

Johnson vit dans une cave d'immeuble. Il l'a pourvue de tout le confort nécessaire, au moins à ses yeux : une paillasse et un réchaud pour cuire ses civets de singe. Le reste ne lui serait d'aucune utilité ; il ne se lave pas, empestant presque autant que Sarah, urine et défèque à l'extérieur.

Une lumière rosée amplifie l'espace, diffusée par une antique lampe de bureau tout près de l'accès.

« Prenez place sur le lit, moi, je m'assieds toujours par terre. »

Je m'installe sur le pucier, en éprouve la mollesse fatiguée. Examinant mieux son repaire, je distingue dans l'angle du fond, à côté du réchaud, un tas informe recouvert d'un tissu. J'ai la nausée, soudain. Je me revois en Capitale langer le corps inanimé de CloseLip d'un morceau de lin, et j'ai l'impression que des années se sont écoulées depuis. Il n'en est rien. Je mesure simplement toute ma dérive à l'aune de cet amas de chairs découpées, les restes d'un macaque. Parce que c'est bien de cela qu'il s'agit. Johnson me le confirme sans tarder.

« Vous préférez la cuisse ?

— Je n'en sais rien, lui fais-je, désenchanté. Je n'ai jamais goûté.

— La cuisse est le meilleur morceau, m'assure-t-il en soulevant le drap pour choisir deux pièces charnues et blanches.

— Qu'est-ce que tu as fait pour atterrir en U-Zone ?

— Vol à main armée.

— Et c'est tout ?

— Non. Pas tout à fait. J'ai flingué le vieillard que j'avais dépouillé. Il gueulait trop fort, ça m'a énervé. Et vous ?

— Moi, rien. Je suis juste à la recherche de quelqu'un. Et ça me regarde. »

Il place les deux morceaux de viande sur le brûleur du réchaud qu'il allume en pressant le bouton de mise à feu, puis commence à battre l'air en direction du soupirail pour éviter de nous enfumer. Je dis d'une voix sourde :

« Il y a une chose qui m'étonne. Il fait moins froid, ici. Et la nuit claire ressemble presque au jour ancien.

— Vous l'avez connu ?

— Quoi ?

— Le jour ancien ?

— Oui. Malheureusement.

— Et c'était comment ?

— Comme aujourd'hui, la brume noire en moins.

— Ah ! soupire Johnson, n'osant pas m'en demander davantage.

— Pourquoi il fait moins froid, ici ?

— Aucune idée. Certains disent que cela a coïncidé avec les premières lueurs, à l'ouest.

— Ces lueurs, elles font partie de l'U-Zone ? »

Johnson acquiesce, remuant ses deux retailles rougies sur le feu.

« Ça en fait partie, effectivement, dit-il en se redressant très vite pour continuer son aération de fortune. Même si personne ne s'est aventuré jusque là-bas. Ça ne nous a jamais intéressés. »

Mes yeux plongent sur la cuisse et le blanc en train de cuire.

« Au début, je ne les voyais pas, du haut de la tour.

— Quelle tour ?

— Celle de CorneyGround. Je les ai aperçues

pour la première fois il y a quatre ans, je crois. Et depuis ce moment, elles pulsent. »

Johnson agite son bras, toujours.

« Je n'ai jamais remarqué.

— Tu m'as dit que tout le monde s'en foutait, ici.

— Et c'est vrai. Dites, pourquoi vous avez laissé votre hyène devant la porte ?

— Simple précaution. Et pour l'odeur, aussi, parce que la tienne me suffit largement. Au fait, donne-lui n'importe quel morceau, elle n'est pas difficile. »

Il s'exécute tout de suite, piochant un bout de macaque sous le linge. Se dirige vers la porte, l'ouvre et jette la nourriture aux pieds de Sarah qui montait la garde, puis repousse le battant.

La cuisson est terminée. Johnson éteint le brûleur et me tend la plaque où la cuisse frémit dans ses dernières vagues de chaleur.

« Je vais attendre qu'elle refroidisse, si ça ne t'ennuie pas. »

Le jeune homme me sourit.

« Comme vous voudrez. »

Il s'empare du blanc avec ses doigts complètement insensibles à la chaleur et croque dans la chair.

« C'est plutôt bon. »

Je ne réponds rien ; j'attends la seule question que cet imbécile tout juste déniaisé brûle de me poser depuis notre entrée dans sa cave. Et il finit par la formuler. Au bout de trente secondes à peine, et après avoir soigneusement évité de croiser mon regard.

« Des rumeurs circulent, ici. Vous n'auriez même pas acquitté votre droit à l'entrave en pénétrant dans l'U-Zone. Comment vous avez fait, dans le bar, pour les tuer tous ? »

Je hausse les épaules, par dépit.

« Il n'y a que ça qui te fait bander, hein ?

— Comment vous avez fait ?

— Comme n'importe quel lâche l'aurait fait à ma place. J'avais un Royster, j'ai joué de l'effet de surprise et de cette cascade de tirs que personne ne peut prévoir dans ces moments-là, même pas les plus tordus. »

Johnson fronce les sourcils. Il ne comprend visiblement pas.

Je renchéris :

« Je vais essayer d'être plus clair. Même tuer exige le respect de certaines règles. Parce que c'est ce que croient tous les tarés de ton espèce. Un être humain commet un meurtre parce qu'il est persuadé d'avoir une bonne raison pour le faire : la haine, la vengeance, l'intérêt ou quelquefois, le seul désir de survivre. Tout le monde intègre cette justification, forcément ignoble, sauf peut-être dans le dernier cas. J'ai été lâche toute ma vie. Ça ne m'a pas été difficile de me livrer à cette boucherie. J'avais ce qu'il fallait pour y réussir. »

Je m'interromps le temps de récupérer ma cuisse un peu moins chaude, à présent. Le tout exhale des relents de vieux poulet cuit à la broche ou sous un... brasero. L'image fugace de Morgane traverse mon champ de vision, disparaît tout aussi rapidement. Je n'ai plus très faim. Malgré tout, mes dents se plantent dans la chair, arrachent quelques fibres. Je mâche distraitement, rassuré par l'insipidité somme toute prévisible. Les émotions me quittent, une à une. Je fais corps avec ce monde qui ne signifie rien, avec ce bout de macaque qui lui ressemble. Ma folie a un sens.

« Vous disiez ? me relance Johnson, impatient.

— J'avais ce qu'il fallait. Un groupe d'hommes qui se pliaient à la règle implicite de la justification, moi, et un Royster. J'ai donc tué sans raison. Et parce que je l'ai fait, personne n'a bougé. Chacun de ceux que j'ai abattus n'a pas voulu croire que je poursuivrais mon carnage jusqu'à ce que le dernier tombe. Et tous se sont raccrochés à cette chimère de la justification. Certains ont dû penser : *"C'est impossible. Il ne peut pas continuer à nous canarder comme à la foire. Ça n'a pas de sens."* Le sens, Johnson. Un être humain est capable d'en donner même au pire de ses actes. Tous les types du bar sont donc morts de leur propre système de valeurs. Ce système qui les aide à faire n'importe quoi, à tout légitimer. Avec lui, ils repoussent les limites en trouvant plus insensibles qu'eux. *"Je tue parce j'ai un bon prétexte. Le vrai dingue, croyez-moi, c'est celui qui flingue sans la moindre raison, froidement, cliniquement."* Je leur ai prouvé qu'ils étaient peut-être moins insensibles que moi, mais tout aussi fous. Toi, Johnson, tout ce que tu as trouvé à me dire à propos de ce vieillard, c'est qu'il t'énervait. C'était ta justification pour l'avoir tué.

Tu t'es imposé une limite, illusoire. Moi, je n'en ai aucune. »

J'ai terminé ma cuisse. Je repose l'os sur la plaque, essuie mes doigts graisseux, sors le Royster de mon manteau. Un calme immense signe chacun de mes gestes.

« Hey ! balbutie le jeune homme, soudain paralysé.

— Et je brandis mon Royster à hauteur de tes yeux. Est-ce que j'ai une raison de te tuer ?

— Arrêtez... Je...

— Réponds à ma question. Est-ce que j'ai une raison de te tuer ? »

Johnson recule imperceptiblement vers le mur en s'aidant de ses jambes et de ses fesses qui raclent le parterre.

« Non...

— Eh bien si. J'en ai une. Un homme en a toujours eu une. Je n'ai pas aimé ta cuisse de macaque. C'est suffisant, non ?

— Je vous en prie...

— Vous dites tous ça. Alors qu'il faut simplement une raison. Moi, j'ai la mienne. Elle est légitime puisque je suis du bon côté du Royster. Le seul sens de toute cette absurdité se tient là, seulement là. Bien sûr, on pourrait broder en attendant que je presse la gâchette, pour que la légitimité de mon acte s'en trouve renforcée. Par exemple, tu pourrais m'expliquer ce que ces maudits macaques foutent ici.

— Ils...

— Ils quoi ?

— Ils ont été introduits par un assassin qui élevait chez lui trois couples, les autorités l'ont lâché en U-Zone avec ses singes, ils se sont reproduits, c'est tout ce que je sais, je...

— La peur te fait parler trop vite. Et ça ne m'empêche pas d'avoir trouvé cette cuisse immangeable. De plus, comment tu te débrouilles pour les tuer ?

— Les meutes... se débarrassent toujours des plus faibles. Ils retardent trop le groupe dans leurs déplacements.

— Tu vois, même les macaques ont une bonne raison de tuer. Mais ça ne me dit toujours pas pourquoi ma cuisse était si mauvaise. Et si tu continues à me mentir, je finirai par penser que ta nourriture est dégueulasse parce que tu n'avais qu'une envie : celle de m'emmerder. J'ai maintenant deux bonnes raisons de t'abattre. »

Je quitte le pucier, rejoins Johnson toujours à terre et acculé contre le mur de sa cave.

« Tu le penses, dis-je en visant ma cible entre les deux yeux. Tu es en train de te dire que je suis complètement fou. Que je vais te tuer pour rien. C'est sûrement ce qu'a aussi pensé le vieillard que tu as abattu après l'avoir volé. Et ça fait quoi, dis-moi ?

— Je vous en... supplie.

— Ce n'est pas une raison. Moi, je viens d'en trouver une troisième. Si je te laisse en vie, tu oublieras tout ce que je viens de t'expliquer, et la prochaine fois, tu flingueras un type de l'U-Zone parce qu'il t'aura énervé, comme ton vieillard. Si je t'abats, tu seras forcé de réfléchir. Et tu t'arrêteras de toi-même. »

Johnson, terrifié, secoue la tête.

« Mais comment je comprendrai, si... si vous me tuez ?

— Je te l'ai dit : j'ai trois raisons, donc aucune. »

Ma cible pleure. Tout son corps se secoue de spasmes préludant à sa propre mort.

« Et en pleurant, tu ne ressembles plus à rien. Tu n'es rien. »

J'avance mon bras, lui souris perversement. Il m'implore.

« Non... Pitié... »

Puis je lui assène un coup de crosse sur le haut du crâne. Johnson perd connaissance aussitôt.

Rien ne se justifie. Je peux poursuivre ma route.

En volant le réchaud de Johnson.

11

Je roule toujours. La nuit claire s'est levée.

En sortant de la cave de Johnson, j'avais parcouru quelques kilomètres dans la cité à la recherche d'un endroit plus calme où je pourrais dormir. J'ai choisi un porche sous lequel j'ai caché la voiture et mes yeux se sont fermés tout seuls. Je tombais de fatigue.

Sarah trône à sa place, regard vif rivé sur le ruban de bitume. Elle gémit, souvent, le museau toujours pointé vers l'ouest. Je suis donc tout près du but.

Vers le milieu de la journée, nous nous arrêtons dans le parc d'une demeure en ruine, relativement isolée du reste des bâtiments. Les habitations se font plus clairsemées, de toute façon, à mesure que nous progressons. La lumière est soutenue, la température presque clémente. Et je ne m'explique cela que par les lueurs orangées qui, peu à peu, se rapprochent.

La hyène s'égaille sur le terrain en friche. Elle

doit avoir faim. J'attends quelques minutes, dans le mince espoir qu'un admirateur aussi improbable que Johnson m'abordera. Je dois pourtant me résigner assez vite : personne ne viendra.

C'est au moment où je me décidais à repartir que le petit groupe de macaques surgit soudain de l'angle de la rue perpendiculaire au parc. Sarah se fige tout de suite, sens en éveil. Je sors mon Royster, dos à la carbie.

Ils sont trois, et cheminent sur le trottoir longeant l'enceinte de la demeure jusqu'à la grille de l'entrée. Parvenus à ce point, je les vois mieux. Deux macaques encadrent un troisième qui semble au plus mal. Il tient à peine sur ses pattes, gueule baissée. Aussitôt, je repense à ce que m'avait confié Johnson : *les meutes se débarrassent toujours des plus faibles. Ils retardent trop le groupe dans leurs déplacements.* Sarah m'a rejoint, campant fièrement à ma gauche.

Les macaques avancent encore, pénètrent dans le parc. Une trentaine de mètres nous sépare. Je calme les ardeurs de ma hyène.

« Ne t'excite pas, Sarah. Attends de voir. »

Elle ne cille pas, concentrée tout entière sur le trio. L'un des singes rudoie le traînard en hurlant, l'autre le tire par le bras. Mon index taquine la gâchette du Royster. Vingt mètres, à présent. D'un rapide coup d'oeil, j'avise les alentours. Aucun autre macaque n'est en vue. Sarah m'en avertirait immédiatement ; et si la meute suit ses éclaireurs, cette dernière reste probablement en retrait. Les trois animaux parcourent cinq mètres de plus, puis s'arrêtent.

Je tiens mon Royster à bout de bras. La hyène gémit deux fois. Le singe malade s'effondre subitement sur la terre du parc. Je crois reconnaître en ce corps moribond l'un des membres de Crête Dorée. Ce n'est qu'une intuition, rien qu'une stupide intuition, mais il m'est impossible de la gommer. L'un des deux autres macaques fait un pas en avant et me fixe. Le troisième est toujours auprès du faiblard.

Alors, il se passe une chose insensée. Je suis en train d'assister à l'offrande de deux singes à un être humain. Ils sont venus jusqu'ici pour me donner l'un des leurs agonisant. Le macaque le plus proche désigne de son doigt effilé la victime sacrifiée ; il pousse de petits cris aigus, trépigne. Puis, brusquement, il s'enfuit avec son comparse, abandonnant le troisième.

Ils détalent à toutes jambes vers la rue, effectuant à l'envers le trajet qui les avait menés jusque-là, puis disparaissent dans la brume opaque de la nuit claire. Quinze mètres devant moi, le macaque gît, totalement inerte.

« Reste ici, Sarah. »

Je rejoins le petit animal, Royster braqué sur lui. Il est piteusement allongé sur le ventre. D'un coup de ma botte, je le retourne. La base de son cou est cisaillée d'une entaille profonde, comme s'il avait été égorgé par l'un des membres de la meute. Je distingue très bien la trace de la morsure, près de la jugulaire. Un mouvement quasi imperceptible m'attire, tout à coup. En observant mieux, je me rends compte que ses yeux clignent encore. Ses yeux noirs, que la vie quitte sans la moindre pitié.

Il me supplie. Ce macaque acculé au bord de la mort me demande d'écourter ses horribles souffrances. La morsure, portée avec une précision inouïe, l'a vidé de tout son sang, goutte à goutte. Ses paupières frémissent encore ; il respire de plus en plus faiblement. Et je ne le tue pas. Sa chair exsangue en sera peut-être plus digestible.

Je retourne sur mes pas. Sarah, vigilante, couine de temps à autre. Je m'assieds à ses côtés et patiente. L'auréole de sang grandit autour du macaque. Quand elle ne s'étendra plus, je pourrai cuire mon offrande sur la plaque du réchaud de Johnson.

12

Deux nuits claires ont passé. Et deux fois, les macaques m'ont offert l'un des leurs, mortellement blessé au cou, comme le premier. Je ne sais pas où ils se cachent, ni comment ils parviennent à me suivre.

Je m'enfonce toujours plus dans l'arrière-pays déserté. Même si la carbie se révèle plus rapide qu'en Capitale, je ne parcours jamais plus de cinquante kilomètres en une fois. Ma réserve de charbon poudreux s'amenuise dangereusement ; je n'ai pour l'instant croisé aucune station de ravitaillement depuis que j'ai quitté les faubourgs de l'U-Zone.

Sarah, en fauve parfaitement dressé, se contente de sa ration de macaque. Mais je comprends seulement maintenant que son flair est loin d'égaler son endurance à la faim. La hyène me conduit au plus près de la chaleur, bêtement, attirée par les promesses d'une température beaucoup plus clémente qui lui rappelle un pays oublié où ses congénères parcouraient la savane en toute liberté. Sarah n'est qu'un clone, prisonnière d'un souvenir qui ne lui appartient pas. Moi, je n'ai plus besoin de mon manteau.

Je décide de poursuivre ma fuite en avant. Il est de toute façon trop tard pour faire demi-tour.

Au troisième matin, en basculant de l'autre côté d'une colline, je m'arrête enfin, serre de mes mains blanches le volant de la carbie.

Je ne peux pas y croire. Le lac immense s'étend à perte de vue, entouré de sa longue corolle d'arbres défeuillés. En retrait, à l'autre bout du sentier de pierres, se tient une petite maison de briques jaunes et rouges, bâtie sur les contreforts d'un tertre culminant à une centaine de mètres.

Le cimetière est ainsi descendu dans la vallée, délaissant sa colline des morts. Taney ressurgi se résume à cette demeure solitaire coiffée de son toit grenat, que je suis sûr de connaître. Alors, je me retourne.

Sarah me regarde, l'être sombre agenouillé à ses côtés aussi. Le temps se contracte, irrésistiblement ; puis j'entends la voix de ma mère qui me dit tout bas :

« Nous sommes arrivés, Forrest. »

Je porte à nouveau les yeux sur le paysage figé. Tout en haut du tertre, un soleil minuscule luit de ses milliers de rayons, pulsant comme un cœur malade.

13

Je roule au pas, m'engage sur le sentier. Sarah, derrière moi, gémit encore. Elle a simplement hâte d'aller rejoindre le soleil du tertre, dès que j'aurai ouvert le hayon du coffre. L'être sombre n'est pas réapparu.

La maison jaune et rouge est entourée d'une enceinte de bois que je franchis sur l'erre de ma faible vitesse. Je freine une dernière fois, coupe le moteur qui toussote avant de laisser place au silence.

Je sors de la voiture, incapable de détacher mes yeux du perron blanc ; la portière claque en un bruit sourd. Sarah, impatiente, s'agite. Elle voudrait descendre aussi. Alors, je la libère. Elle bondit sur l'herbe rase, puis s'enfuit en courant à travers les arbres, tout droit vers le sommet du tertre. C'est en refermant le hayon que je m'aperçois d'une présence, là-bas, sur le perron. Une émotion immense saisit le peu qui reste de mon être. Le monde chavire, tangue en une houle folle. Je m'accroche à ce bout de réalité que je n'attendais plus, et que j'ai souvent appelé Debbie.

Debbie. Je murmure son prénom plusieurs fois. Elle ne m'entend pas.

La jeune femme reste immobile. Elle remonte du fond de mes vieux rêves, quand elle peuplait encore mes errances de ses cheveux blonds et de son regard si bleu. Elle campe, fière et droite, inaccessible, à jamais envoûtante, et je comprends qu'elle n'a pas quitté un seul de mes jours.

« Debbie. »

Ma voix parcourt le désert fade de ma vie, franchit le fossé de l'absence en le creusant davantage, et ne rencontre rien. Trouant le puits de ma folie, quelques mots me parviennent.

« Qui êtes-vous ? Monsieur ? »

J'avance, hagard, gorge nouée. Je souffre mille Enfers. Mes jambes se relaient en une mécanique dérisoire, me portent jusqu'à la douleur.

« Monsieur ? Vous m'entendez, monsieur ? »

C'est peut-être le chant de ma mère. La musique de ses mots, que je n'ai jamais pu entendre.

Je murmure :

« Debbie.

— Qui êtes-vous ? »

J'ai mal, mal à en crever. Mourir, me fondre dans le silence de la matrice. Replonger en abîme. C'est tout ce que je veux. Il suffit simplement, pour cela, qu'elle ne me réponde pas.

« Debbie... Marshall ?

— Non. Je suis sa fille. Qui êtes-vous ? »

Il suffit que je ne réponde pas.

« Je m'appelle Forrest. Forrest Pennbaker. »

Elle me fixe de ses yeux graves et profonds. Balbutie :

« Forrest ? Vous êtes Forrest Pennbaker ? »

L'angoisse me cerne. J'étouffe. Mais je réussis à articuler, dans un souffle froid :

« Cela fait longtemps, oui, longtemps que je te cherchais. Savanna Bay. Ma fille. »

Elle secoue la tête, hésite un long moment avant de me confier :

« Non. Je suis désolée, mais... »

La jeune femme se tait un instant, puis me confie :

« Maman ne vous avait pas dit ? Mon père est mort il y a maintenant cinq ans, monsieur Pennbaker.

— Non, Savanna, non. Je suis mort depuis bien plus longtemps, déjà.

— Je crois que vous ne comprenez pas ce que je veux dire.

— Elle m'a écrit des lettres.

— Maman m'en a parlé, oui, une seule fois. Juste avant d'être emportée par une leucémie.

— Elle m'avait écrit que tu étais ma fille. Elle me l'a écrit deux fois. »

Elle croise mon regard, éprouvant une peine immense pour moi.

Je maugrée :

« Je ne veux pas de ta pitié.

— Je n'ai pas pitié. J'ai souvent pensé à vous, parce que maman n'avait pas le droit de vous faire cela.

— Partir loin, je sais.

— Non. Vous faire croire qu'elle était enceinte de vous.

— Et pourquoi elle l'aurait fait ? »

Savanna Bay hausse les épaules, les yeux au bord des larmes.

« Venez, entrez. Vous devez être fatigué. Je vous en prie. »

Je la suis à l'intérieur de la maison. Nous traversons un couloir ombreux pour déboucher dans le salon. Elle me désigne le canapé.

« Installez-vous, Forrest. Je peux vous appeler Forrest, n'est-ce pas ? »

Sa question reste sans réponse. Je vis une véritable torture.

« Vous voulez un verre d'eau ? me demande-t-elle, doucement.

— Oui, je veux bien. »

Pendant qu'elle rejoint la cuisine, j'embrasse la pièce d'un regard morne. Les murs sont recouverts d'une tenture jaune ocre. Un tableau est suspendu sur la paroi opposée ; il représente une nature morte de gibiers alignés et de fruits à la peau luisante. Par la fenêtre, je vois le tertre auréolé du soleil orangé.

« Tenez » me dit-elle.

Je ne l'ai pas entendue revenir. Je m'empare machinalement du verre, et au moment de le porter à mes lèvres, je remarque enfin ce que Savanna m'a offert.

« De l'eau pure ?

— Presque, répond-elle d'un timide sourire. Je vous expliquerai. »

Le liquide frais parcourt mon corps en une coulée suave. Je repense aux toits rouges de Taney, à mon père plongé dans la contemplation des photographies de ma mère, à la quiétude du Langkor avant que l'être sombre ne le hante. Puis, tout s'évanouit. Je pose le verre vide sur la table basse et me perds dans les brumes noires de ma haine. Une seule question m'obsède.

« Pourquoi elle l'aurait fait ?

— C'est une histoire qui risque de vous faire mal. »

Je marmonne, poings serrés :

« Aucune importance. Et puis, j'ai tout mon temps.

— Eh bien... »

Elle vient s'asseoir à mes côtés. Me raconte enfin :

« Ma mère m'a toujours répété qu'après son départ de Taney, elle voulait vous oublier. Et que la meilleure façon d'y parvenir, c'était de se jeter dans les bras du premier homme venu. Il s'agit de mon père. Il se prénommait Robert Milard. Trois jours après s'être installée à Meent avec mes grands-parents, Debbie a fini par le remarquer et faire le nécessaire pour qu'il ne puisse pas lui résister. Ils ont fait l'amour le cinquième jour. Puis tout le sixième, et une bonne partie du septième. La semaine suivante, Milard insistait sans résultats. Ma mère attendait de savoir si cet imbécile, comme elle l'appelait, l'avait fécondée. Quand elle en a été sûre, elle l'a ignoré définitivement. Elle était tombée enceinte d'un sac à sperme, pour reprendre ses propres mots, du docteur Robert en l'occurrence. Voilà pourquoi vous ne pouvez pas être mon père, Forrest. Il aura manqué sept jours.

— Qui était ce docteur Robert ?

— Oh ! il voulait qu'on l'appelle comme ça, personne n'a jamais su trop pourquoi. Il avait vingt ans de plus qu'elle. Plutôt charmant, l'œil pétillant. Je me souviens très bien de lui. Dès que j'ai eu quatre ans, maman m'a permis de me promener dans les laboratoires. Et il m'accueillait gentiment, toujours prêt à m'expliquer à quoi servait ceci, à quoi était destiné cela. C'est lui qui m'a donné le goût de la science. Je le sais, maintenant.

— Et tes grands-parents ?

— Ils ne disaient rien. Maman les a même laissé croire que vous étiez le père de son enfant. »

Elle se tait, me fixe intensément.

« Il ne s'était pas passé quelque chose d'étrange entre vous ?

— Pourquoi tu me demandes ça ?

— Je ne sais pas. Elle regardait souvent ses mains. Et elle ne lâchait jamais les miennes lorsque nous allions prendre l'air dans le petit parc attenant au Centre de Meent. J'en souffrais ; je voulais rejoindre mes camarades de jeux et elle m'en empêchait. Quelquefois, elle serrait ma main si fort que j'en avais mal. Cela ne vous dit rien ?

— Non, fais-je en baissant les yeux sur le parterre. Non, Savanna Bay, je ne vois pas.

— Tant pis, j'ai cru. »

Elle triture ses poignets de plus en plus nerveusement, poursuit :

« Les années aidant, sa haine à l'égard de tout ce qui l'entourait n'a cessé de grandir. Et nous devons notre transfert en U-Zone pour le meurtre d'un laborantin qui n'arrêtait pas de la harceler. Ma mère était encore belle, et si elle ne se sentait plus femme depuis longtemps, elle le restait pour tous ceux qui continuaient de la désirer. Les premières années, ici, ont été très dures. Et nous avons pu survivre seulement parce que maman se prostituait. Elle me disait qu'elle ne ressentait rien, que son sexe était mort, et que tôt ou tard ça finirait.

» Au fil des mois, nous avons migré peu à peu vers l'ouest. Et puis, un jour, nous sommes tombées sur cette maison près du lac. Ma mère m'a alors dit qu'elle n'irait pas plus loin. Vous savez, Forrest, jamais maman n'a montré le moindre signe de faiblesse en ma présence. La seule fois que je l'ai surprise en train de pleurer, c'est en arrivant ici. J'ai su plus tard que les briques rouges et jaunes lui rappelaient la colline des morts de Taney et l'enceinte du cimetière, et que le lac ressemblait au Langkor où elle venait vous rejoindre, parfois.

— Elle a réellement pleuré ? »

Je me lève, trop oppressé pour demeurer assis, m'avance jusqu'à la fenêtre.

Sarah la hyène est revenue du tertre. Assise près de la carbie, elle surveille les trois singes surgis de nulle part, qui s'avancent sur le sentier.

« Oui, me dit Savanna. J'avais huit ans. Et tout ce que j'ai pu faire, sur le moment, c'est prendre sa main dans la mienne et la serrer très fort. J'ai compris ce qu'elle avait pu ressentir lorsqu'elle m'accompagnait dans le petit parc de Meent. Enfin, je le crois. Et à cet instant, j'ai su qu'elle serait ma mère pour toujours, quoi qu'elle ait pu faire ou dire ; j'ai compris que je l'aimais profondément. Par-dessus tout. »

Les deux macaques encadrent un troisième, agonisant. La hyène ne bouge toujours pas.

« Et que s'est-il passé ensuite ?

— Deux ou trois mois ont passé. Jusqu'à ce qu'un jour, Robert Milard frappe à notre porte. Il avait commis plusieurs vols pour pouvoir nous rejoindre.

— Il retrouvait sa fille.

— Non, une petite gamine dont il s'occupait toujours, au Centre, avec une patience infinie. »

L'un des singes traîne le moribond jusqu'au pied de Sarah. Puis le duo repart sur le sentier en courant. La hyène, instinctivement, se retourne vers la fenêtre. Elle a senti ma présence.

« Il ne savait pas, lui non plus ?

— Ma mère lui avait dit qu'il ne pouvait pas être le père. Et le mensonge était d'autant plus facile et crédible que j'étais née prématurée d'un tout petit mois.

— Il n'a donc jamais su.

— Parce que maman craignait qu'il ne s'en prenne à nous. Et moi, j'avais peur pour maman. J'avais besoin d'elle. Et elle me manque toujours. Mais quelle différence cela faisait ? Milard s'occupait de moi comme un père, ce qu'il était vraiment pour moi, et je l'appelais papa. Personne ne mentait, au bout du compte. »

Je hoche la tête. La hyène comprend mon signe et emporte le cadavre du macaque au loin pour le manger.

« Tu ne te rends pas compte de ce que tu es en train de dire, Savanna.

— Maman ne m'a pas vraiment appris ce que l'on est censé penser ou dire, mais elle m'a toujours protégée. Papa, lui, m'a enseigné ce qu'il savait : le calcul appliqué aux énergies. Je suis née surdouée, j'adore les mathématiques quantiques, et cinq ans avant la mort de Milard, j'avais eu le temps d'ébaucher une théorie viable sur la récupération de l'énergie solaire.

— Le soleil du tertre, c'est ça ? »

Elle ne me répond pas vraiment.

« Il n'a pas eu la chance de voir l'invention arriver à son terme. Maman l'a tué. »

Je me retourne lentement vers Savanna, la contemple.

« Elle te l'a dit ?

— Je l'ai deviné. Même si elle m'a soutenu jusqu'à la fin qu'il avait chuté accidentellement du haut du tertre. En fait, elle l'a toujours haï, du plus loin que je me souvienne, peut-être parce que j'étais sa fille. Avec le recul, je crois qu'elle trouvait trop pesant de continuer à lui mentir et qu'en même temps, ou à cause de cela, elle se savait incapable de lui dire la vérité. Et puis, elle redoutait tôt ou tard que je parle. Mais maman se trompait. Cela ne faisait aucune différence, pour moi. Aucune, non. »

Je reviens m'asseoir à ses côtés. Le fantôme de

Debbie essuie ses yeux tristes. Mes mains restent croisées sur mes genoux.

Je murmure :

« L'histoire est presque finie, je crois.

— Presque. Maman, dans les dernières semaines de sa maladie, avant qu'elle ne meure un an jour pour jour après l'accident de mon père, a pu voir le soleil orangé. J'avais eu le temps d'obtenir les récepteurs photo-sensibles construits selon mes directives, par l'intermédiaire de fournisseurs discrets de l'U-Zone. Parce que tout se négocie et s'achète, ici.

— Même la mort.

— Surtout elle » murmure Savanna d'une voix d'outre-tombe.

Son visage s'assombrit l'espace d'un instant. Puis elle me dit :

« J'ai trouvé l'équation de l'optimisation des récepteurs il y a quatre ans. Et depuis, mon soleil brille. Quel que soit l'ensoleillement d'une région, le rayonnement produit la même puissance, grâce à mes calculs. Je suis sûre que je pourrais tirer de l'énergie pure d'une chambre noire.

» Mais je l'ai découvert trop tard. Toutes ces années, j'ai travaillé nuit et jour, sentant inconsciemment que le temps m'était compté. Le docteur Robert a été poussé du haut du tertre, ma mère s'est laissée doucement mourir. Je ne pouvais plus repartir. Pas sans l'aide de quelqu'un. C'est à ce moment-là que j'ai eu l'idée. J'ai eu l'intuition de coupler l'énergie de mon soleil à un clignotement intermittent. »

« Cette pulsation.

— Vous l'avez vue ? me demande Savanna Bay, avec une dernière lueur de vie au fond de ses yeux clairs. Elle est discrète, je ne voulais pas attirer l'attention des résidents de l'U-Zone. C'est du morse. Et vous savez ce que ça dit ? »

Je secoue la tête en silence, croise son regard bouleversant de tristesse.

« Ça dit simplement ceci, depuis quatre longues années : *"Aidez-moi"*. »

Elle se lève du canapé, en un mouvement lent et désincarné, vieille d'un millier d'années, soudain. Regarde à la fenêtre et s'enquiert, d'une voix atone :

« Il y a une hyène dans le jardin. C'est normal ? »

Je pense immédiatement que Sarah en a déjà terminé avec son macaque.

« J'en avais besoin pour faire le trajet. Sarah me protégeait.

— Sarah ? Drôle de nom pour une hyène. Mais vous avez faim, peut-être ? »

Et je réponds oui au fantôme de Debbie qui a le visage de ma fille.

Je m'attable en face d'elle, dans la cuisine proprette. Les situations se superposent ; CloseLip va me regarder manger sans rien dire. Son épaule va se déboîter. Je me lèverai pour la lui remettre en place.

« Mangez », m'encourage Savanna Bay.

Je contemple placidement le contenu de mon assiette.

« C'est quoi ?

— De la salade de pissenlits. Cette mauvaise herbe pullule tout autour du tertre. Mais elle est plutôt bonne. »

À regret, je pique ma fourchette dans l'amas de feuilles vertes, avale l'une d'entre elles. Mâche, précautionneux. Cela n'a aucun goût.

« Évidemment, objecte-t-elle, il faudrait une sauce légèrement vinaigrée. »

Elle tente un rire timide.

« Les capteurs solaires sont plus faciles à trouver, en U-Zone. »

Je ne relève pas. Je me moque totalement de son soleil miniature.

« Et si ta mère t'avait menti ?

— C'est-à-dire ? demande Savanna en croquant ses pissenlits.

— Si j'étais réellement ton père ? Si ce qui s'est passé la veille de son départ de Taney avait suffi ? Elle t'a peut-être raconté, non ?

— Elle m'en a vaguement parlé, oui. Forrest, je ne veux pas vous faire de mal, mais... je ne crois pas qu'elle m'ait menti.

— Tu n'en as pourtant aucune preuve.

— Une simple intuition. Chaque fois qu'elle a évoqué votre souvenir, ses yeux s'en allaient loin, trop loin.

— Raison de plus.

— Non, ce que je veux dire, c'est qu'ils dérivaient, mais qu'ils restaient sincères, malgré tout.

— Alors, pourquoi a-t-elle fini par tuer aussi ton *père* ?

— Vous... vous ne pouvez pas savoir à quel point elle sublimait sa haine. Sa haine des hommes, de ce monde qui était en train de sombrer et qu'elle n'acceptait pas.

— Sa haine de moi, aussi, dis-je en mâchonnant distraitement ma dernière feuille de pissenlit.

— Vous, non. Elle haïssait peut-être ce que vous deux aviez fait de votre relation, mais pas ce que vous étiez, Forrest.

— Pourtant, là encore, tu n'en as aucune preuve, n'est-ce pas ? »

Savanna Bay secoue la tête, désarmée.

« En effet. Si ce n'est que je suis une femme, et qu'elle en était une, elle aussi, malgré toutes ses tentatives désespérées, depuis Meent, pour prouver le contraire. »

Elle piquette son assiette au hasard, en grimaçant.

« Je n'ai plus très faim, à présent. Vous voulez un fruit sauvage ? Un verre d'eau ?

— De l'eau. Cela faisait des années que je n'en avais pas bu une aussi bonne.

— Je la filtre avec l'énergie de mon soleil. »

Elle se lève, saisit un verre sur le bord de l'évier, remplit ce dernier.

« Vous êtes porion, c'est bien ça ?

— Oui, je l'étais. Ton épaule ne s'est pas déboîtée ?

— Quoi ?

— Rien. Je pensais à quelque chose. »

Et que pourrait en savoir Savanna Bay ?

Cela se passe dans les dépendances de Lorkraft, au dernier étage du Bateau Raide. Sur mes indications, cet imbécile a tout de même engagé Whitmore.

Ils sont face à face. Lorkraft est retranché derrière son bureau, Whitmore s'est installé sur le siège inconfortable réservé aux visiteurs. L'un et l'autre ont une idée précise de la tournure que pourrait prendre leur entretien.

Le révolutionnaire boutonneux est venu jusqu'ici pour tuer Lorkraft. Ce dernier veut s'assurer de la loyauté corvéable de son employé au plus bas prix. Whitmore cache dans la poche de son manteau de nouveau porion une arme blanche. Et voici ce que ces deux misérables pantins se disent, ce que j'*imagine*.

« Où en est le creusement de la veine a12 ?

— Au mieux, monsieur Lorkraft. Il semblerait même que le charbon regorge, contre toute attente. Bientôt, nous n'aurons même plus besoin des services de l'escorteur.

— Porion de mes deux ! Nous avons eu beaucoup de chance, parce que ça ne se reproduira sûrement pas. Et puis, c'est moi qui décide. À ce propos, j'ai pu changer mon fusil d'épaule. Les éleveurs illégaux fourmillant dans toutes les U-Zones, ce ne sera pas un problème.

— Et Pennbaker ?

— Oubliez cet abruti. Il crèvera là-bas parce qu'il n'en reviendra pas. Je ne lui en laisserai pas l'occasion, de toute manière, et il le sait. Whitmore, est-ce que je peux avoir toute confiance en vous ?

— Bien sûr, répond Whitmore, sourire carnassier aux lèvres, et serrant dans le creux de sa paume le poignard.

— Je n'en attendais pas moins de vous, rétorque Lorkraft, sirupeux. Évidemment, je me suis renseigné à votre sujet. »

Whitmore se tend imperceptiblement, sur son siège. Le directeur de CorneyGround poursuit.

« Vous n'avez jamais été du genre à rentrer dans le rang, et c'est un euphémisme.

— Où voulez-en venir ?

— À ce que je sais. Vous allez devoir choisir entre mon meurtre inutile et une coopération beaucoup plus fructueuse. »

Lorkraft se penche derrière son bureau, du côté droit, puis pose sur le plateau de son bureau ciré la jarre et son gobelet. Verse sans attendre l'eau pure dans le verre.

« Voyez-vous, Whitmore, finalement, l'humanité se résume à deux sortes d'engeances : les imbéciles et les opportunistes. Ce que ferait un imbécile, ici et maintenant, ce serait sortir son couteau et me trancher la gorge, boire toute l'eau de la cruche, puis s'enfuir. Cet imbécile aurait le bénéfice du meurtre — l'aboutissement ultime de toute sa vie de pauvre — mais beaucoup plus de difficultés pour espérer un jour goûter de nouveau à une eau aussi saine.

— Jusque-là, je vous suis.

— L'opportuniste, lui, boirait l'eau en question, oublierait son couteau de foire et reviendrait chaque jour trinquer en compagnie de son directeur. »

Whitmore salive, éloigne la main de son poignard. Lorkraft porte à ses lèvres le gobelet et sirote son eau.

« Êtes-vous imbécile ou opportuniste, Whitmore ?

— Quelles sont mes garanties ? bredouille le jeune homme.

— Aucune. C'est moi qui propose le marché, et moi qui le conduis. Je sais, quoi qu'il en soit, que vous valez bien mieux que votre ressentiment de bazar à l'égard de la société. Pennbaker était lâche, mais lucide. Cela ne l'empêchera pas de crever comme le chien qu'il est. Vous suintez de la même lâcheté, à ceci près que vous ne vous respectez pas. Pas plus que moi. C'est pour cette raison que nous pouvons nous entendre. Alors, imbécile ou opportuniste ? »

Whitmore reste muet.

« Je comprends votre légitime scrupule. Aussi, je vous propose ceci : si vous êtes d'accord avec les termes de mon marché, contournez le bureau, placez-vous à ma droite et buvez votre verre. »

Deux secondes s'écoulent. Puis Whitmore se lève et passe de l'autre côté du bureau. Se sert un verre d'eau. Il ne sent pas la main de Lorkraft plonger dans la poche de son manteau.

Il boit, tête rejetée en arrière à mesure que le verre se vide. Lorkraft, cliniquement, l'égorge d'un trait de lame sûr, à la base du cou. Le sang gicle en un flux effroyable, par à-coups, maculant la poitrine de Whitmore qui tombe de tout son poids sur le parterre.

Lorkraft, très calme, jette le couteau rouge de sang sur le cadavre, en s'apercevant toutefois que le reste de la cruche, poissé d'hémoglobine, est désormais imbuvable. Aussi, il roue le corps de coups de pied. Pour rien. Puis, soulagé, appelle le service de l'entretien d'une simple pression sur le bouton dissimulé dans l'un des tiroirs du bureau.

« Forrest ? Forrest ? Vous allez bien ?

— Tout va pour le mieux, ma puce. Et j'étais effectivement porion à CorneyGround. Mais c'était il y a longtemps. Très longtemps. »

Ma folie s'éclaire. Elle me montre le chemin.

Et comme il est doux et bon de la suivre.

14

Savanna Bay cueille quelques racines de pissenlit en longeant la base du tertre par la droite. C'est la fin de l'après-midi. Je lui emboîte le pas, saladier à la main, insensible à tout ce qui m'entoure. La lumière du soleil, la nature apaisée du lieu, le lac que je devine, plus loin derrière moi. Seule Sarah me raccroche encore à mon parcours débridé en U-Zone. Elle progresse à pas comptés, flairant le sol herbeux.

Je scande, détaché, à l'adresse de Savanna :

« Tu arrives à dormir avec cette lumière ?

— Je me suis habituée, depuis tout ce temps. »

Elle se redresse, jette dans le récipient les deux racines qu'elle vient d'arracher.

Je la contemple vraiment pour la première fois depuis mon arrivée. Ses cheveux blonds mi-longs encadrent le visage fin et les yeux curieux. Ces yeux qui m'effrayaient tant, lorsqu'ils se posaient avec insistance sur moi, au pied du mont chauve.

Debbie n'a pas changé. Elle est restée la petite fille qui m'attendait le soir pour gravir le sommet de la colline pelée. Elle est presque habillée de la même manière ; d'un pantalon de toile bleu et d'un polo gris. Et je ne comprends pas.

Je ne comprends pas pourquoi elle m'a quitté comme ça, pourquoi elle a menti à notre propre fille en lui attribuant ce faux père. Aussi, je compte machinalement les racines de pissenlit déjà cueillies. Elles sont au nombre de sept. Puis, lentement, je murmure :

« Moi, je n'y arrivais pas, en Capitale. Malgré la présence de CloseLip, ou peut-être à cause d'elle. Oh ! bien sûr, CloseLip me ressemblait. Sa réplication avait été obtenue à partir de mon code génétique, mais j'avais souhaité qu'y soit mélangé l'ADN d'une des laborantines du département de recherches contigu à celui de Kean. Je croyais stupidement qu'ainsi, je collerais au plus près du spectre de ma fille. Parfois, quand je m'accordais une pause, je croisais la jolie Maria dans le couloir où j'allais faire quelques pas pour me détendre. Elle me rappelait ton visage. Tu m'en veux, je le sais, mais je pensais bien faire. »

J'entends une voix au creux de mon brouillard.

« De qui parlez-vous ? Et à qui ? Forrest ?

— Je ne regrette rien. Je n'ai pas voulu tout ce qui arrive. CloseLip se trouve sûrement tout aussi bien loin de moi. »

Peut-être.

Bartolbi, nerveux, attend l'homme depuis deux bonnes heures. Au couinement plaintif de l'une de ses filles, il se rend compte de la présence d'une voiture sur son terrain vague. Il se précipite audehors.

Le cravaté referme la portière de la longue limousine noire aux vitres fumées. Sa silhouette évoque un vautour élégant et propre. Yeux fourbes, cheveux bruns, il va à la rencontre de son hôte.

« Salut, Bartolbi.

— Vous êtes en retard.

— Comme d'habitude. Il a fallu graisser pas mal de pattes répugnantes pour atteindre votre repaire malodorant. »

Le visiteur est pressé. Il s'enquiert tout de suite :

« Il paraît que vous auriez quelque chose susceptible d'intéresser mon patron ?

— Une belle pièce, je crois.

— La plupart des spécimens qu'on nous propose sont bons à foutre au rebut. Il ne serait pas très heureux de nous avoir conviés pour rien à cette petite visite de courtoisie.

— Je n'ai pas l'habitude de me moquer de mes clients.

— Exact. C'est bien pour ça que mon patron m'a demandé de venir jusqu'ici pour vérifier. On peut voir ?

— Bien sûr, bien sûr. Suivez-moi, Junkey. »

Ils rentrent tous les deux dans la bicoque. La porte à peine refermée, le vautour remarque la valise posée sur la table crasseuse. Commente, débonnaire :

« Votre bouge pue toujours autant, Bartolbi. Pire que les Enfers.

— Vous y avez séjourné ?

— On y est déjà.

— D'une certaine manière. Il y a donc pas de mal à se payer un petit plaisir de temps en temps, pour oublier la brume noire.

— La brume noire et le reste. Et c'est d'autant plus facile qu'on a suffisamment d'argent pour ça. Qu'est-ce qu'il y a dans cette valise ?

— Le spécimen en question, Junkey.

— Et ça tient là-dedans, hein ?

— C'est comme ça qu'on me l'a livré.

— Premier mauvais point. Défaites les lanières, s'il vous plaît. »

Bartolbi s'exécute. Le corps de la petite fille est recroquevillé en position fœtale, inerte, yeux fermés, lèvres pincées.

« Hmm hmm ! fait le vautour. C'est donc l'un des employés de nos concurrents qui vous a refilé ça ?

— Un certain Pennbaker.

— Nous le connaissons. Mon patron surveille de très près les activités de CorneyGround. »

Bartolbi hoche la tête.

« C'est ce qui m'a fait penser à vous.

— Cet imbécile de Pennbaker s'est douté de quelque chose ?

— Je crois pas. J'ai joué au vieux vicelard, et il a cru que son réplicant m'intéressait personnellement.

— Vous puez comme une vingtaine de boucs, mais vous arrivez à réfléchir, de temps à autre, Bartolbi. C'est réconfortant. Réconfortant, mais pas suffisant.

— C'est-à-dire ?

— Cette petite fille est mal en point. À première vue, victime d'une crise d'immobilité conséquente à un choc violent. »

Le vautour se penche au-dessus de la valise, renifle.

« Pas d'odeur suspecte de liquéfaction humorale. Enfin, autant que la puanteur de votre bouge me permette d'en juger. »

Puis, il saisit le bras gauche du réplicant en exerçant une traction infime. L'épaule se déboîte aussitôt avec un bruit sec. Junkey lâche sa prise, rabat le couvercle, conclut :

« Spécimen plus que défectueux. Et vous savez ce que cela signifie ?

— Les réplicants se font de plus en plus rares. Ça pourrait compenser l'état de celui-ci, non ?

— Désolé, mais cette pièce ne vaut guère plus de dix mille euros. Et encore, mon patron vous consent un bon prix. Pour services rendus.

— Dix mille euros ? répète Bartolbi en se grattant le haut du crâne.

— Pas un cent de plus. Et dépêchez-vous : je n'ai pas envie d'imprégner mes vêtements avec votre infection.

— C'est bon. Je prends.

— Parfait. Mon patron pourra s'adonner à des orgies plus riches en partenaires, dès qu'elle sera remise sur pied. Il est vrai qu'un peu de nouveauté ne peut pas faire de mal. On finit par se lasser de tout. »

Le vautour sort de sa poche intérieure la liasse de billets, la pose sur la table.

« Encore une chose, tout de même.

— Quoi ?

— Il est clair que nous n'avons jamais eu à nous plaindre de vos livraisons : réplicants, flaireurs ou renseignements. Seulement, nous n'aimons pas trop que vous acceptiez de traiter aussi avec la concurrence.

— Vous vous méprenez, Junkey. J'allais pas laisser repartir ce Pennbaker avec une de mes filles. Je l'ai coursé dès son départ, pour le coincer quelques kilomètres plus loin et le buter. Évidemment, j'en ai profité pour récupérer ma hyène.

— Évidemment, dit le vautour d'une voix tranchante. Ceci dit, si mon patron n'aime pas trop être doublé par ses fournisseurs, moi, je n'aime pas du tout qu'on se moque de moi.

— Je comprends pas, réplique Bartolbi, inquiet.

— Depuis que je suis descendu de la limousine, je n'ai pas entendu une seule fois vos chéries gémir ou couiner. Corrigez-moi si je me trompe, mais elles se comportent comme si elles étaient désorientées par la perte d'une des leurs. »

Bartolbi se raidit, recule vers la porte.

« Non, bien sûr que non. Je les ai trop bien nourries, c'est tout.

— Justement, c'est ce qu'on va vérifier tout de suite. Vous n'y voyez aucun inconvénient, j'espère ?

— Non, évidemm... »

Bartolbi n'a pas le temps d'achever sa phrase. Il

ploie sous la douleur fulgurante, insoutenable, qui sourd de son mollet droit ; s'affaisse sur les genoux. Le vautour le pousse d'un coup de pied sur le torse. L'éleveur hurle, bascule en arrière sur le sol.

Junkey rengaine son Royster, susurre :

« Vous saignez. C'est malencontreux. Notre escorteur est justement mort de ça. Parce que vous ne nous en aviez pas averti.

— Mais c'est faux ! crie Bartolbi défiguré par la souffrance. Je vous l'avais dit ! Je...

— Une simple écorchure en frottant sa jambe contre la paroi d'une galerie et son flaireur l'a réduit en bouillie. Il n'en est rien resté. Sauf le squelette. Oui, vous saignez. Et c'est franchement fâcheux pour vous. »

Traîner Bartolbi de force jusqu'à l'enclos des hyènes n'est pas le plus facile. Mais le vautour s'en doutait bien avant de se garer sur le terrain vague. Junkey tient vraiment à ce que son fournisseur reste vivant et conscient au moment de le jeter en pâture à ses bêtes.

Il y réussit, malgré la résistance désespérée de Bartolbi, claque de toutes ses forces la porte de l'enclos et assiste à la curée.

Les charognardes, devenues hystériques à la seule odeur du sang, se ruent sur Bartolbi qui hurle, hurle. Ça grogne, ça couine ; les crocs puissants de la meute arrachent les chairs, les flancs sont déchirés par pans entiers ; une hyène, déchaînée, mord dans le cou, sectionnant la carotide. Le sang coule en giclées grasses. Bartolbi, lui, est mort depuis longtemps. Son cadavre tressaute sous les coups de gueule.

Junkey, impavide, regarde au loin par-dessus les immeubles noirs. Il songe aux trois décès suspects qui viennent d'être déclarés en Capitale : deux mineurs de fond et un citadin des quartiers pauvres sont morts d'une attaque virale, la souche ayant été identifiée comme proche de celle de la tuberculose. Le nouveau virus est mutant et n'incube pas, mais Junkey n'est pas inquiet ; il a confiance en les autorités de sa chère Europe.

Les lueurs orangées, elles, continuent d'embraser l'horizon.

« Je me sens mal, Debbie Bay. »

Le fantôme me fixe, effrayé.

« Vous disiez n'importe quoi. Vous parliez comme si... »

Elle ne termine pas. Je soutiens son regard, lui dis :

« Juste un peu de fatigue, c'est tout. J'ai besoin de dormir.

— Vous voulez que je vous prépare... »

Je la coupe, d'un signe las de la main.

« Ce ne sera pas la peine. Je dormirai dans la carbie. »

Je lui tends alors le saladier qu'elle accueille dans le creux de ses bras. Puis je m'éloigne, sans me retourner une fois sur elle.

La Mort me soutient.

15

Je ne parviens pas à trouver le sommeil. La lumière du soleil, sur le tertre, décline à peine. Dans la maison de briques rouges et jaunes, la silhouette de Debbie Bay traverse les pièces en ombre chinoise, de la cuisine au salon, forme tremblotante projetée par la lueur grêle des appliques.

Sarah m'a rejoint dans la carbie. Elle s'est lovée sur la couverture, dort enfin. J'entends sa respiration rauque rythmer le faux silence. Puisqu'il est là. Sa gueule immonde se reflète dans le miroir du rétroviseur. Les yeux noirs, la bouche torve, le nez absent, la peau gluante et jonchée de pustules ; l'odeur de cadavre pourri irrespirable. Mais le pire demeure la voix. Les intonations douces et soyeuses de ce qu'aurait pu être le murmure de ma mère, au creux de mon berceau. Et je ne peux plus résister.

« Pennbaker ?

— Oui, maman ? Je suis là, je t'écoute, tu sais. »

Je glisse, glisse inexorablement vers le gouffre.

« Forrest, tu ne peux pas croire tout ce que t'a raconté ta fille ?

— Je ne sais pas. D'ailleurs, ce n'est pas ma fille. C'est Debbie. Debbie Bay.

— Bien, mon enfant. Et rien ne t'a semblé insolite ?

— J'ai trop mal pour penser. J'aimerais simplement trouver la paix. »

Je me mets à sucer mon pouce, ferme les yeux sur la lumière du maudit soleil. Dans mon cocon lourd, l'être sombre me nourrit de ses mots.

« La maison aux briques rouges et jaunes, le lac comme celui du Langkor, la corolle des arbres autour de l'eau. Il y a trop de coïncidences.

— Je n'aime pas le pissenlit. Ç'a un goût d'urine.

— J'ai déterminé le décor, Forrest. Sans moi, rien de ce que tu vois n'aurait existé.

— Et pourquoi ?

— Je voulais attirer Debbie Bay jusqu'à moi.

— Elle ne faisait pourtant de mal à personne, maman.

— Tu te trompes. Debbie est devenue folle. Elle a ôté la vie à ceux qui ne demandaient rien. D'abord le laborantin, au Centre de Meent, puis le docteur Milard.

— Le docteur Robert.

— Celui qu'elle dit être le père de Savanna Bay.

— Et ce n'est pas vrai, hein, maman ?

— Bien sûr que non, mon enfant. Debbie n'a jamais connu qu'un seul homme : toi.

— J'ai peut-être refusé sa main, mais c'est moi qui l'ai fécondée. Et puis, je me souviens de sa lettre, maman : *Savanna Bay marche, elle a même ton sourire — quand tu souriais. Mais jamais elle ne t'appellera papa.*

— Parce que Debbie la folle a *aussi* tué ta fille.

— Et pourquoi ? dis-je, entre deux tétées réconfortantes de mon pouce.

— Cela, je l'ignore. Vous n'avez de toute façon jamais eu besoin de personne pour vous entretuer, et je vous ai toujours fait confiance. Je n'interviens que pour la grande moisson.

— La moisson des morts, maman ?

— Oui. Et ta fille n'est plus. Forrest, tu as sans doute remarqué que, depuis ton arrivée, Savanna Bay ne s'est pas montrée.

— Je m'en suis rendu compte. Debbie Bay a essayé de m'abuser. Mais je ne l'ai pas crue. Et les pissenlits n'y ont rien fait. Je ne suis pas fou, maman. J'ai très bien compris, tu sais.

— Alors, c'est bien. Tu peux donc sûrement m'expliquer ce qu'est la profondeur des tombes, désormais.

— La profondeur des tombes ? C'est celle creusée par tous les êtres humains réunis dans la même mort.

— Et voilà précisément ce pour quoi je t'ai choisi. Aussi, tu ne croiras pas le mot que t'a laissé Debbie, sur le guéridon du salon. Ouvre les yeux, Forrest, et cesse de sucer ton pouce. »

J'obéis à maman. J'ai maintenant la réponse aux deux questions. « *Qui sommes-nous pour vivre dans le noir ? Qui viendra fermer nos yeux, à l'heure de notre dernière nuit ?* » Personne. Il n'y aura plus personne.

Je me retourne sur mon siège. Sarah dort toujours. L'être sombre s'est définitivement envolé. En ramenant mes yeux sur la maison rouge et jaune, je m'aperçois que toutes les pièces sont plongées dans la pénombre.

Il n'y a qu'un endroit où Debbie a pu se réfugier.

L'eau frémit au vent léger. Quelques oiseaux chantent dans les ramures des arbres défeuillés ; je ne les entends pas.

Debbie grimpe dans la barque pour placer son corps frêle entre les rames. Elle ne partira pas sans moi.

Je cours jusqu'à la rive, crie :

« DEBBIE ! »

J'atteins l'embarcation en pénétrant dans le lac. L'eau caresse mes genoux. Debbie me regarde, affolée.

« Je ne suis pas Debbie. Je suis sa fille » me répète-t-elle.

Je psalmodie, halluciné :

« Tu n'iras pas jusqu'au centre du Langkor.

— Mais je...

— Tu n'iras pas là-bas. »

Les mains de Debbie s'accrochent aux rames, tremblent de plus en plus. Et je me dis que c'est une belle soirée pour m'élever et rejoindre le grand V des oiseaux fantômes.

« Laissez-moi, dit-elle en sanglotant. Laissez-moi tranquille, je vous en prie.

— Là-bas, maman m'a dit qu'il y avait la Mort. Et elle a raison. »

En un geste lent, j'extrais de ma poche le Royster, le braque sur son visage.

« Reste avec moi, Debbie. Il faut mourir près de la rive. »

La jeune femme s'est levée, brandissant une rame pour tenter de me repousser. Je secoue la tête, désolé.

« Benford a cru lui aussi pouvoir s'en sortir comme ça. Et il s'est trompé. »

Je ne vois pas la spatule s'abattre sur mon crâne. Je fléchis sous la violence du coup, titube, lutte de toutes mes forces contre l'évanouissement. Réémerge, la tête gonflée de douleur, la joue gauche enflammée, tire une première fois dans l'eau. Debbie, tétanisée, lâche la rame. Au même moment, je grimpe dans l'esquif qui tangue de bord à bord, puis je réussis à me stabiliser, Royster toujours en main.

« Tu dois mourir sur la rive.

— Laissez-moi ! Je vous en prie... »

Elle pleure, tend un bras vers moi pour peut-être croire qu'il m'arrêtera. Julius-Debbie est sur la pente sombre de la Mort, et la seule photographie qui lui fait face ressemble au pire des cauchemars. Alors, je me rue, projette Debbie dans mon élan contre le banc le plus proche de la proue. Elle gémit, grimace de souffrance, yeux révulsés. Je la gifle aussitôt pour la tenir éveillée, pointe le canon du Royster à l'intérieur de sa bouche et dis, enivré de la déraison la plus pure :

« Dis bonjour à notre mort, Debbie Bay. »

Puis l'univers tout entier explose.

16

Forrest,

Je comprends votre douleur, toute votre déception. Je n'ai pas voulu vous faire du mal, seulement vous dire la vérité. Ma vérité.

Il y a trop longtemps que je vis ici.

J'ai pensé que, peut-être, nous pourrions nous soutenir l'un l'autre, nous tendre la main, pour surmonter le vide qui nous a tant pris.

S'il vous plaît, aidez-moi à quitter l'U-Zone.

Il existe encore une chance, qui sait ?

Aidez-moi.

Savanna Bay.

Maman m'a dit de ne pas écouter Debbie. Et ses désirs sont des ordres.

Je suis au sommet du tertre, debout derrière le petit soleil. J'arme mon Royster. Tire. Le rectangle crépite au bout de sa hampe, parcouru d'étincelles bleutées. L'astre pâlit un court instant, se ravive, puis s'éteint brusquement, en silence. Le noir a recouvert le monde. Pour toujours.

Sarah pousse un cri macabre. Elle a tenu à m'accompagner. Le froid, déjà, tombe sur nos corps ; je dois redescendre jusqu'à la carbie pour me revêtir de mon manteau.

17

Le feu s'élève au plus haut du ciel. Le ballet des flammes orangées et pourpres m'apaise ; elles tournent, virevoltent, s'étirent en de longs fuseaux ; elles dansent sur le toit carbonisé de la maison de briques rouges et jaunes où se consument les trois lettres et le foulard poussiéreux de Debbie. Et mon corps, lui, goûte à la chaleur du brasier pour en garder le souvenir, avant que tout ne réintègre le néant.

Sarah se frotte contre ma jambe : elle veut m'alerter d'une présence. Alors, lentement, parce que plus rien n'a d'importance, je scrute le fond du sentier. Trois macaques, tous en pleine santé, viennent à notre rencontre. Leurs corps souples se teintent de l'ocre rougeoyant de l'embrasement.

Le Temps se fige ainsi à l'infini. La délégation, parvenue à nos pieds, se prosterne avec déférence. Je leur rends leur salut ; ils m'en savent gré. Puis, d'un geste grave de la main, ils me demandent de les suivre. Ce que je fais, Sarah dans mon sillage.

En débouchant du sentier, je les vois tous, massés par milliers près de la rive. Leurs yeux innombrables scintillent dans les ténèbres. Plus loin, la barque rejoint, indifférente, le centre du lac. Le cadavre de Debbie gît sur le bois, yeux morts face aux cieux.

Le noir m'entoure. Un cri rauque retentit, soudain. Je n'ai plus peur. Se dégage alors de la nuée grouillante un vieux macaque qui tient à bout de bras une couronne de branches entrelacées et me la tend, tête basse, mains dressées au-dessus de lui. Je la saisis et me sacre roi des singes.

Sarah trône à mes côtés.

Alors, d'une seule et même voix, le peuple reconnaissant des macaques m'acclame en hurlant à la dernière nuit des hommes.

J'ai mérité mon royaume.

DU MÊME AUTEUR

Aux Éditions du Bélial'

LA LUMIÈRE DES MORTS (Folio Science-Fiction n° 175)

LA PROFONDEUR DES TOMBES (Folio Science-Fiction n° 202)

Aux Éditions Encrage

NUMBER NINE

ARCHEUR

Dans la même collection

1.	Isaac Asimov	*Fondation*
2.	Isaac Asimov	*Fondation et Empire*
3.	Ray Bradbury	*Fahrenheit 451*
4.	H.P. Lovecraft	*La couleur tombée du ciel*
5.	Mary Shelley	*Frankenstein ou Le Prométhée moderne*
6.	Fredric Brown	*Martiens, go home!*
7.	Norman Spinrad	*Le Printemps russe,* 1
8.	Norman Spinrad	*Le Printemps russe,* 2
9.	Dan Simmons	*L'Échiquier du mal,* 1
10.	Dan Simmons	*L'Échiquier du mal,* 2
11.	Stefan Wul	*Oms en série*
12.	Serge Brussolo	*Le syndrome du scaphandrier*
13.	Jean-Pierre Andrevon	*Gandahar*
14.	Orson Scott Card	*Le septième fils*
15.	Orson Scott Card	*Le prophète rouge*
16.	Orson Scott Card	*L'apprenti*
17.	John Varley	*Persistance de la vision*
18.	Robert Silverberg	*Gilgamesh, roi d'Ourouk*
19.	Roger Zelazny	*Les neuf princes d'Ambre*
20.	Roger Zelazny	*Les fusils d'Avalon*
21.	Douglas Adams	*Le Guide galactique*
22.	Richard Matheson	*L'homme qui rétrécit*
23.	Iain Banks	*ENtreFER*
24.	Mike Resnick	*Kirinyaga*
25.	Philip K. Dick	*Substance Mort*
26.	Olivier Sillig	*Bzjeurd*
27.	Jack Finney	*L'invasion des profanateurs*
28.	Michael Moorcock	*Gloriana ou La reine inassouvie*
29.	Michel Grimaud	*Malakansâr*
30.	Francis Valéry	*Passeport pour les étoiles*

31.	Isaac Asimov	*Seconde Fondation*
32.	Philippe Curval	*Congo Pantin*
33.	Mary Gentle	*Les Fils de la Sorcière*
34.	Richard Matheson	*Le jeune homme, la mort et le temps*
35.	Douglas Adams	*Le Dernier Restaurant avant la Fin du Monde*
36.	Joël Houssin	*Le Temps du Twist*
37.	H.P. Lovecraft	*Dans l'abîme du temps*
38.	Roger Zelazny	*Le signe de la licorne*
39.	Philip K. Dick et Roger Zelazny	*Deus irae*
40.	Pierre Stolze	*La Maison Usher ne chutera pas*
41.	Isaac Asimov	*Fondation foudroyée*
42.	Fredric Brown	*Une étoile m'a dit*
43.	Francis Berthelot	*Rivage des intouchables*
44.	Gregory Benford	*Un paysage du temps*
45.	Ray Bradbury	*Chroniques martiennes*
46.	Roger Zelazny	*La main d'Oberon*
47.	Maurice G. Dantec	*Babylon Babies*
48.	René Barjavel	*Le Diable l'emporte*
49.	Bruce Sterling	*Mozart en verres miroirs*
50.	Thomas M. Disch	*Sur les ailes du chant*
51.	Isaac Asimov	*Terre et Fondation*
52.	Douglas Adams	*La Vie, l'Univers et le Reste*
53.	Richard Matheson	*Je suis une légende*
54.	Lucius Shepard	*L'aube écarlate*
55.	Robert Merle	*Un animal doué de raison*
56.	Roger Zelazny	*Les Cours du Chaos*
57.	André-François Ruaud	*Cartographie du merveilleux*
58.	Bruce Sterling	*Gros Temps*
59.	Laurent Kloetzer	*La voie du cygne*
60.	Douglas Adams	*Salut, et encore merci pour le poisson*

61.	Roger Zelazny	*Les Atouts de la Vengeance*
62.	Douglas Adams	*Globalement inoffensive*
63.	Robert Silverberg	*Les éléphants d'Hannibal*
64.	Stefan Wul	*Niourk*
65.	Roger Zelazny	*Le sang d'Ambre*
66.	Orson Scott Card	*Les Maîtres Chanteurs*
67.	John Varley	*Titan (La trilogie de Gaïa I)*
68.	André Ruellan	*Mémo*
69.	Christopher Priest	*La Machine à explorer l'Espace*
70.	Robert Silverberg	*Le nez de Cléopâtre*
71.	John Varley	*Sorcière (La trilogie de Gaïa II)*
72.	Howard Waldrop	*Histoire d'os*
73.	Herbert George Wells	*La Machine à explorer le Temps*
74.	Roger Zelazny	*Le signe du Chaos*
75.	Isaac Asimov	*Les vents du changement*
76.	Norman Spinrad	*Les Solariens*
77.	John Varley	*Démon (La trilogie de Gaïa III)*
78.	Roger Zelazny	*Chevalier des ombres*
79.	Fredric Brown	*Fantômes et farfafouilles*
80.	Robert Charles Wilson	*Bios*
81.	Walter Jon Williams	*Sept jours pour expier*
82.	Roger Zelazny	*Prince du Chaos*
83.	Isaac Asimov	*Chrono-minets*
84.	H. P. Lovecraft	*Je suis d'ailleurs*
85.	Walter M. Miller Jr.	*Un cantique pour Leibowitz*
86.	Michael Bishop	*Requiem pour Philip K. Dick*
87.	Philip K. Dick	*La fille aux cheveux noirs*
88.	Lawrence Sutin	*Invasions divines*
89.	Isaac Asimov	*La fin de l'Éternité*

90.	Mircea Cărtărescu	*Orbitor*
91.	Christopher Priest	*Le monde inverti*
92.	Stanislas Lem	*Solaris*
93.	William Burroughs	*Le festin nu*
94.	William Hjortsberg	*Angel Heart* (Le sabbat dans Central Park)
95.	Chuck Palahniuk	*Fight Club*
96.	Steven Brust	*Agyar*
97.	Patrick Marcel	*Atlas des brumes et des ombres*
98.	Edgar Allan Poe	*Le masque de la Mort Rouge*
99.	Dan Simmons	*Le Styx coule à l'envers*
100.	Joe Haldeman	*Le vieil homme et son double*
101.	Bruce Sterling	*Schismatrice +*
102.	Roger Zelazny et Fred Saberhagen	*Engrenages*
103.	Serge Brussolo	*Boulevard des banquises*
104.	Arthur C. Clarke	*La cité et les astres*
105.	Stefan Wul	*Noô*
106.	Andrew Weiner	*En approchant de la fin*
107.	H. P. Lovecraft	*Par-delà le mur du sommeil*
108.	Fredric Brown	*L'Univers en folie*
109.	Philip K. Dick	*Minority Report*
110.	Bruce Sterling	*Les mailles du réseau*
111.	Norman Spinrad	*Les années fléaux*
112.	David Gemmell	*L'enfant maudit* (Le Lion de Macédoine, I)
113.	David Gemmell	*La mort des Nations* (Le Lion de Macédoine, II)
114.	Michael Moorcock	*Le Chaland d'or*
115.	Thomas Day	*La Voie du Sabre*
116.	Ellen Kushner	*Thomas le rimeur*

117. Peter S. Beagle — *Le rhinocéros qui citait Nietzsche*
118. David Gemmell — *Le Prince Noir* (Le Lion de Macédoine, III)
119. David Gemmell — *L'Esprit du Chaos* (Le Lion de Macédoine, IV)
120. Isaac Asimov — *Les dieux eux-mêmes*
121. Alan Brennert — *L'échange*
122. Isaac Asimov — *Histoires mystérieuses*
123. Philip K. Dick — *L'œil de la Sibylle*
124. Douglas Adams — *Un cheval dans la salle de bain*
125. Douglas Adams — *Beau comme un aéroport*
126. Sylvie Denis — *Jardins virtuels*
127. Roger Zelazny — *Le Maître des Ombres*
128. Christopher Priest — *La fontaine pétrifiante*
129. Donald Kingsbury — *Parade nuptiale*
130. Philip Pullman — *Les royaumes du Nord* (À la croisée des mondes, I)
131. Terry Bisson — *Échecs et maths*
132. Andrew Weiner — *Envahisseurs !*
133. M. John Harrison — *La mécanique du Centaure*
134. Charles Harness — *L'anneau de Ritornel*
135. Edmond Hamilton — *Les Loups des étoiles*
136. Jack Vance — *Space Opera*
137. Mike Resnick — *Santiago*
138. Serge Brussolo — *La Planète des Ouragans*
139. Philip Pullman — *La Tour des Anges* (À la croisée des mondes, II)
140. Jack Vance — *Le jardin de Suldrun* (Le cycle de Lyonesse, I)
141. Orson Scott Card — *Le compagnon*
142. Tommaso Pincio — *Le Silence de l'Espace*
143. Philip K. Dick — *Souvenir*
144. Serge Brussolo — *Ce qui mordait le ciel*
145. Jack Vance — *La perle verte*

146.	Philip Pullman	*Le Miroir d'Ambre*
147.	M. John Harrison	*La Cité Pastel* (Le cycle de Viriconium, I)
148.	Jack Vance	*Madouc*
149.	Johan Héliot	*La lune seul le sait*
150.	Midori Snyder	*Les Innamorati*
151.	R. C. Wilson	*Darwinia*
152.	C. Q. Yarbro	*Ariosto Furioso*
153.	M. John Harrison	*Le Signe des Locustes*
154.	Walter Tewis	*L'homme tombé du ciel*
155.	Roger Zelazny et Jane Lindskold	*Lord Démon*
156.	M. John Harrison	*Les Dieux incertains*
157.	Kim Stanley Robinson	*Les menhirs de glace*
158.	Harlan Ellison	*Dérapages*
159.	Isaac Asimov	*Moi, Asimov*
160.	Philip K. Dick	*Le voyage gelé*
161.	Federico Andahazi	*La Villa des mystères*
162.	Jean-Pierre Andrevon	*Le travail du Furet*
163.	Isaac Asimov	*Flûte, flûte et flûtes !*
164.	Philip K. Dick	*Paycheck*
165.	Cordwainer Smith	*Les Sondeurs vivent en vain* (Les Seigneurs de l'Instrumentalité, I)
166.	Cordwainer Smith	*La Planète Shayol* (Les Seigneurs de l'Instrumentalité, II)
167.	Cordwainer Smith	*Nostrilia* (Les Seigneurs de l'Instrumentalité, III)
168.	Cordwainer Smith	*Légendes et glossaire du futur* (Les Seigneurs de l'Instrumentalité, IV)
169.	Douglas Adams	*Fonds de tiroir*
170.	Poul Anderson	*Les croisés du Cosmos*

171.	Neil Gaiman	*Pas de panique !*
172.	S. P. Somtow	*Mallworld*
173.	Matt Ruff	*Un requin sous la lune*
174.	Michael Moorcock	*Une chaleur venue d'ailleurs* (Les Danseurs de la Fin des Temps, I)
175.	Thierry di Rollo	*La lumière des morts*
176.	John Gregory Betancourt	*Les Neuf Princes du Chaos*
177.	Donald Kingsbury	*Psychohistoire en péril*, I
178.	Donald Kingsbury	*Psychohistoire en péril*, II
179.	Michael Moorcock	*Les Terres creuses* (Les Danseurs de la Fin des Temps, II)
180.	Joe Haldeman	*Pontesprit*
181.	Michael Moorcock	*La fin de tous les chants* (Les Danseurs de la Fin des Temps, III)
182.	John Varley	*Le Canal Ophite*
183.	Serge Brussolo	*Mange-Monde*
184.	Michael Moorcock	*Légendes de la Fin des Temps* (Les Danseurs de la Fin des Temps, IV)
185.	Robert Holdstock	*La forêt des Mythagos*
186.	Robert Holdstock	*Lavondyss* (La forêt des Mythagos, II)
187.	Christopher Priest	*Les Extrêmes*
188.	Thomas Day	*L'Instinct de l'équarrisseur*
189.	Maurice G. Dantec	*Villa Vortex*
190.	Franck M. Robinson	*Le Pouvoir*
191.	Robert Holdstock	*Le Passe-broussaille* (La forêt des Mythagos, III)
192.	Robert Holdstock	*La Porte d'ivoire* (La forêt des Mythagos, IV)
193.	Stanislas Lem	*La Cybériade*

194.	Paul J. Mc Auley	*Les conjurés de Florence*
195.	Roger Zelazny	*Toi l'immortel*
196.	Isaac Asimov	*Au prix du papyrus*
197.	Philip K. Dick	*Immunité*
198.	Stephen R. Donaldson	*Le miroir de ses rêves*
199.	Robert Charles Wilson	*Les fils du vent*
200.	Greg Bear	*La musique du sang*
201.	Dan Simmons	*Le chant de Kali*
202.	Thierry Di Rollo	*La profondeur des tombes*
203.	Stephen R. Donaldson	*Un cavalier passe* (L'appel de Mordant, I)
204.	Thomas Burnett Swann	*La trilogie du Minotaure*

À paraître :

205.	Jack Vance	*Croisades*
206.	Thomas Day	*L'homme qui voulait tuer l'Empereur*
207.	Robert Heinlein	*L'homme qui vendit la lune* (Histoire du futur, I)
208.	Robert Heinlein	*Les vertes collines de la Terre* (Histoire du futur, II)
209.	Robert Heinlein	*Révolte en 2100* (Histoire du futur, III)
210.	Robert Heinlein	*Les enfants de Mathusalem* (Histoire du futur, IV)

Composition I.G.S.
Achevé d'imprimer par la
Société Nouvelle Firmin-Didot
à Mesnil-sur-l'Estrée, le 18 février 2005.
Dépôt légal : mars 2005.
Numéro d'imprimeur : 72362.

ISBN 2-07-042808-7/Imprimé en France.

127113